PICCOLA BIBLIOTECA ADELPHI

701

DELLO STESSO AUTORE:

Coppi e Bartali
Il ballo al Kremlino
Il buonuomo Lenin
Kaputt
La pelle
Tecnica del colpo di Stato

CURZIO MALAPARTE

Maledetti toscani

ADELPHI EDIZIONI

WWW.ADELPHI.IT

ISBN 978-88-459-3161-1

Anno				Edizione						
2022	2021	2020	2019	6	7	8	9	10	11	12

INDICE

MALEDETTI TOSCANI

I

E maggior fortuna sarebbe, se in Italia ci fossero più toscani e meno italiani.

Se è cosa difficile essere italiano, difficilissima cosa è l'esser toscano: molto più che abruzzese, lombardo, romano, piemontese, napoletano, o francese, tedesco, spagnolo, inglese. E non già perché noi toscani siamo migliori o peggiori degli altri, italiani o stranieri, ma perché, grazie a Dio, siamo diversi da ogni altra nazione: per qualcosa che è in noi, nella nostra profonda natura, qualcosa di diverso da quel che gli altri hanno dentro. O forse perché, quando si tratta d'esser migliori o peggiori degli altri, ci basta di non essere come gli altri, ben sapendo quanto sia cosa facile, e senza gloria, esser migliore o peggiore di un altro.

Nessuno ci vuol bene, (e a dirla fra noi non ce ne importa nulla). E se è vero che nessuno ci disprezza, (non essendo ancora nato, e forse non nascerà mai, l'uomo che possa disprezzare i toscani), è pur vero che tutti ci hanno in sospetto. Forse perché non si sentono compagni a noi, (compagno, in lingua toscana, vuol dire eguale). O forse perché, dove e quando gli altri piangono, noi ridiamo, e dove gli altri ridono, noi stiamo a guardarli ridere, senza batter ciglio, in silenzio: finché il riso gela sulle loro labbra.

Di fronte a un toscano, tutti si sentono a disagio. Un brivido scende nelle loro ossa, freddo e sottile come un ago. Tutti si guardano intorno inquieti e sospettosi. Un toscano apre la porta ed entra? Un silenzio impacciato lo accoglie, una muta inquietudine s'insinua, là dove prima regnavano l'allegria e la confidenza. Basta l'apparizione di un toscano, perché una festa, un ballo, un pranzo nuziale, si mutino in una triste, tacita, fredda cerimonia. Un funerale al quale prenda parte un toscano, diventa un rito ironico: i fiori si mettono a puzzare, le lacrime seccano sulle gote, le gramaglie cambian colore, perfino il cordoglio dei parenti del morto sa di beffa. Basta che fra il pubblico ci sia un toscano col suo risolino in bocca, e subito l'oratore si turba, la parola gli si sgonfia sulle labbra, il gesto gli si ghiaccia a mezz'aria. Un generale parla ai suoi soldati di gloria, di bella morte, del « bene inseparabile del Re e della Patria »? Se fra i soldati, laggiù, nell'ultima fila, c'è un toscano che lo guarda, subito il generale s'imbroglia, rinfodera la sciabola, arrotola la bandiera, e se ne va. (E qui va detto che gli italiani, le battaglie, le vincono soltanto grazie al risolino ironico di quel soldato toscano laggiù, nell'ultima fila. Quando non c'è quel risolino a mettere a posto i generali, accade quel che accade. E quanti guai si sarebbero risparmiati, se Mussolini, invece di parlare dal balcone di Palazzo Venezia, avesse parlato dal terrazzino di Palazzo Vecchio!).

Il sospetto e l'inimicizia degli altri popoli, italiani e stranieri, ci fanno senza dubbio onore, essendo segni manifesti di rispetto e di stima. In una stagione, com'è questa, d'ipocrisia, di viltà, e di compromessi d'ogni specie, fa sempre onore, a un uomo o a un popolo, esser temuto e avversato. Vi sono uomini e popoli che soffrono di non essere amati: son quelli che han natura femminile. Ma una nazione forte, spregiudicata, ardita, qual'è la nazione toscana, a cui nessuno ha mai voluto bene, e che da secoli è abituata al sospetto e all'invidia altrui, perché mai dovrebbe soffrirne? Tutto siamo, noi toscani, fuorché femmine. E che gli altri non ci vogliano bene, diffidino di noi, abbiano gelosia e timore della nostra particolare intelligenza, del nostro modo di guardare il prossimo e di riderne a bocca fredda, (quando un altro, che non fosse toscano, ne piangerebbe), che tutti, insomma, siano sospettosi di quel ch'essi impropriamente chiamano il nostro cinismo, la nostra crudeltà, la nostra garbata arroganza, ci fa quasi piacere. Anzi, per essere onesto, dirò che ne godiamo.

Ma quello di cui più godiamo, è veder come tutti, italiani e stranieri, si meravigliano del disprezzo col quale noi li ripaghiamo del sospetto e dell'inimicizia loro. Che non è un disprezzo nato a caso, né da ripicco o vanità, né da orgoglio: ma un disprezzo sentito, e risentito, allegro, ragionatissimo, e antico. E basta guardare un toscano come cammina, per capire di che stoffa sia fatto il suo disprezzo.
Guardate come un toscano cammina. Cammina a testa ritta, col petto in fuori e le mele strette. Tira diritto guardando fisso davanti a sé, con quel risolino sulle labbra che par dipinto, tanto par vero. Si direbbe che non guarda e non vede: come uomo che sta ai fatti suoi, e di quelli degli altri non s'impiccia. Eppure, così camminando a testa ritta, gli occhi fissi davanti a sé, guarda e vede tutto, né mai gli càpita che guardi senza vedere, perché il toscano vede anche senza guardare. Non sorride per grata, amabile disposizione dell'animo, né per orgogliosa compassione: ma per malizia, e dirò, anzi, per spregio. L'elemento fondamentale del suo carattere è, infatti, l'esser spregioso: il che nasce dal suo profondo disprezzo per le cose e i fatti degli uomini, s'intende degli altri uomini.
In se stesso il toscano ha fiducia, pur senza orgoglio, ma negli uomini, nella pianta uomo, no. In fondo, credo che disprezzi il genere umano, tutti gli esseri umani, maschi e femmine. E non per la loro cattiveria, (al toscano

non fan paura i cattivi), ma per la loro stupidità. Degli stupidi il toscano ha ribrezzo, perché non si sa mai che cosa possa venir fuori da uno stupido. Guarda, dico, come il toscano cammina: e ti avvedrai che cammina come se stesse sempre sulle sue, come uomo che sa, per antica esperienza, che la cosa più aborrita al mondo è l'intelligenza, e la più insidiata.

Che tutti gli italiani siano intelligenti, ma che i toscani siano di gran lunga più intelligenti di tutti gli altri italiani, è cosa che tutti sanno, ma che pochi vogliono ammettere. Non so se per gelosia, o per ignoranza di quel che sia veramente l'intelligenza: la quale non è furbizia, come si crede comunemente in Italia, ma un modo di abbracciar con la mente le cose, di comprenderle, cioè, e di penetrarle, mentre la furbizia è soltanto quello che il battere delle ciglia è in confronto con lo sguardo. E chi negherà che noi toscani sappiamo entrar con gli occhi della mente in fondo alle cose, e guardar dentro? che siamo come quegli insetti che prendono il polline dai fiori maschi e lo portano ai fiori femmine? che noi portiamo l'intelligenza, come un polline, alle pietre, e ne facciamo nascere chiese e palazzi, torri maschi e piazze femmine? Chi negherà che l'intelligenza, in Toscana, ci sta di casa, e che anche gli scemi, che in casa d'altri son soltanto scemi, da noi sono intelligenti?

Questo fatto d'essere più intelligenti degli altri, nessuno ce lo perdona, in Italia, anzi ci vien rinfacciato come un difetto. Agli occhi altrui, la nostra intelligenza non sarebbe che slealtà, da mettersi in mucchio con i nostri difetti peggiori, che sarebbero la lingua sciolta, la parsimonia, per non dire avarizia, la crudeltà, la perfidia, la pratica del tradimento, e così via: quasi che gli altri italiani fossero balbuzienti, spendaccioni, agnellini, e sinceri e leali come il vino di fattoria.

Traditori i toscani? Perché non ne parliamo subito, di questa allegra accusa, visto che siamo in famiglia e che in Italia nessuno, all'infuori di noi, (e scusatemi se mi vien da ridere) è traditore?

I toscani son come sono, son quel che sono, e quando son nemici son nemici per l'eternità, né si arrendono mai, neanche se li persuadi in cuor loro del contrario. Ma quando sono amici sono amici, e può cascare il mondo che l'amicizia non te la tolgono. Né mi si venga a dire che i toscani son traditori, solo perché, quando si fan guerra fra loro, adoprano il tradimento come un'arma. E che cos'è, se non un'arma? Forse che soltanto i toscani, a differenza di tutti gli altri popoli, italiani e stranieri, tradiscono i propri nemici? Tradire i nemici è buona guerra: e non so chi possa sostenere che un nemico morto è meglio di un nemico tradito, che un nemico è meglio ammazzarlo che tradirlo. Perché anche a me sembra che il peggior tradimento che si possa fare a un uomo, è ammazzarlo, sia pure lealmente. E non c'è nessun bisogno di scomodar Machiavelli per dimostrare che dal momento che il destino dell'uomo, in questo mondo, è d'esser tradito *aut* ammazzato dai propri nemici, meglio vale tradirlo *et* ammazzarlo, e meglio ancora tradirlo prima ed ammazzarlo poi, in modo che il poveretto sappia chiaramente d'essere stato tradito ed ammazzato da un nemico, non da un amico: il quale o l'ammazzerebbe senza tradirlo, o prima l'ammazzerebbe e poi lo tradirebbe. Così va il mondo, e non è certo colpa dei toscani se va così.

Lo so, purtroppo: anche a noi toscani càpita, se pur di rado, di tradire gli amici. (Forse che, in amore, l'amante non tradisce più volentieri l'essere amato, che il non amato?). Poiché all'uomo piace più tradir gli amici che i nemici, essendo il tradimento fatto agli amici più vero di quello fatto ai nemici. E poi, che gusto c'è a tradire i nemici? C'è il caso che questi scellerati ne provin piacere, tanto forti sono anche in loro, come in tutt'uomo, il gusto e l'attesa del tradimento. Se non si sentissero traditi, si sentirebbero non solo delusi, ma rubati di qualcosa cui avevan diritto, e che si aspettavano. Così fatto è l'uomo, che se non gli dài quel che si merita, se n'ha per male. Voglio dire che se non lo tradisci, si crede tradito. E perciò, per dargli quel che si merita, per non rubargli nulla, per non offenderlo, e sopra tutto per fargli piacere, sii galantuomo, e tradiscilo. Se è tuo nemico, il piacere è tutto suo.

Se è tuo amico, la cosa cambia aspetto: il piacere è tutto tuo. Poiché l'amico non si aspetta, e perciò non pretende, di essere tradito. E se lo tradisci si offende, e muore arrabbiato, schiumando. Né si può dargli torto: a nessuno piace esser tradito da un amico, anche perché ciascuno sa che tradire un amico è il più grande e invidiabile dei piaceri, e perciò il primo a invidiarti questo piacere è l'amico che tu tradisci. Tale essendo la natura umana, come si può rimproverare agli uomini quel massimo e invidiatissimo piacere che è tradire gli amici? Tanto più che a tradire un nemico tutti son buoni: non v'è cosa più facile e, direi, volgare. Ma per tradire un amico ci vuol grandezza d'animo, nobiltà di sentimenti, altezza d'ingegno, e (se il tradimento vuol esser perfetto) lealtà. Negheresti forse ai toscani, anche quando son costretti a tradire gli amici, d'essere lealissimi?

Poiché se anche ai toscani avviene qualche volta, ma di rado, per disgrazia, per maligno gioco della sorte, di tradire un amico, è giusto riconoscere che lo fanno malvolentieri, contro coscienza, a denti stretti, proprio se ci son tirati per i capelli, e lealmente: come, per fare un esempio che vale per tutti, avvenne a quel Lorenzino che tradì il suo migliore amico, il Duca Alessandro, non dico fino al punto di ammazzarlo con le sue mani, ma di farlo ammazzare sotto i propri occhi pietosi. Tratto sublime di lealtà, molto frequente nelle cronache fiorentine. E sempre, in questi disperati casi, i toscani non dimenticano di pianger l'amico tradito, di accompagnarlo al camposanto, di consolare la vedova, di soccorrere gli orfani: insomma, non mancano mai di pentirsene, e non per cristiano sentimento, di cui tutti, in fondo, son capaci, ma perché è una regola del gioco, e in Toscana le regole van rispettate.

Con questo non voglio dire che i toscani, in simili faccende, sian migliori di quei popoli, che han per costume di tradire gli amici per il gusto di tradire un amico. Voglio dire che son diversi: e che, vivendo in mezzo a genti traditore, forza è che essi pure tradiscano, ma lo fan di malavoglia, torcendo il viso per disgusto di quel che la viltà dei tempi e degli uomini li costringe a fare. E chi può affermare che gli altri popoli, italiani e stranieri, abbiano per il tradimento e per i traditori, specie per chi tradisce gli amici, maggior ribrezzo di quel che hanno i toscani? Chi negherà, finalmente, che i toscani preferiscano esser traditi, che tradire?

A tanto è giunta, infatti, la magnanimità dei toscani, che buoni e cheti, a occhi bassi, timidi e modesti, si lasciano tradire senza fiatare, piuttosto che sporcarsi col tradimento. E se alla fine, non potendone più di star cheti e buoni, persa la pazienza, rispondono al tradimento col tradimento, hanno almeno il buon gusto, e il buon senso, di tradire con intelligenza, non già con quella rozza e boriosa stupidità, nella quale gli altri popoli son maestri.
Ma, tornando a quel nostro maggior difetto, l'intelligenza, io mi domando che cosa gli altri popoli ci rimproverano di più: se d'essere intelligenti o d'esser liberi, che è un nostro gran difetto anche quello. La libertà è un fatto dell'intelligenza: ed è quella che dipende da questa, non l'intelligenza dalla libertà. Dirò che, nel concetto dei toscani, chi non è un uomo libero è un uomo grullo.

Può darsi che i toscani abbiano torto, ma la schiavitù è sempre, ai loro occhi, una forma d'imbecillità: intelligenza e libertà essendo, in Toscana, sinonimi. E non soltanto a Firenze, a Prato, a Pistoia, a Lucca, a Siena, a Pisa, a Livorno, a Grosseto, a Volterra, ad Arezzo, ma in tutta la Toscana, anche in quella minore, dalla Magra all'Amiata, e dalle fonti del Tevere alle foci dell'Ombrone. Non può essere, infatti, per un puro caso, che i toscani siano sempre stati un popolo libero, il solo, in Italia, che non abbia mai sofferto schiavitù straniera, e si sia sempre governato da sé, con la propria testa o con le proprie palle: s'intende con le sei palle dei Medici, che eran tiranni, ma avevan le palle toscane. Gli stessi preti, da noi, si guardano bene dal parlar del Papa, anzi fingono di non conoscerlo, per paura che qualcuno salti su a dire: « O il Papa che c'entra? in casa nostra non comanda il Papa », e se han qualche papata da far inghiottire ai toscani, non dicono che l'ordine vien dal Papa, ma che viene da chi fa piovere: e si sa che il Papa, in Toscana, non fa nemmeno piovere. Tanto è pacifico che in casa nostra non tolleriamo padroni, neanche se pretendono d'esser mandati da Dio.

E se qualche volta è capitata a noi pure la disgrazia d'esser governati da tiranni, bisogna riconoscere che una tal disgrazia è sempre durata poco, e che i tiranni ce li siamo sempre scelti in famiglia, eran tiranni di casa. Quei pochi venuti di fuori, come il Duca di Atene, non appena abbiamo potuto li abbiamo messi alla porta senza tanti complimenti, e da noi, con le nostre mani, non con l'aiuto dei soliti stranieri. Aggiungo che a petto dei tirannelli, o nostrani o di fuorivia, che spadroneggiavano nelle altre parti d'Italia, i nostri, scelti in famiglia, eran civilissimi e liberali, e non son mai trascesi a quegli estremi che hanno reso tristissimo il nome e il ricordo di tanti signorotti italiani e forestieri.

Talché quei popoli che non son liberi, paiono, agli occhi dei toscani, popoli stupidi. Naturalmente i popoli stupidi non ne voglion sapere di quei sinonimi, intelligenza e libertà, e pretendono di essere schiavi non per mancanza d'intelligenza, ma per forza maggiore. Il che è una riprova della loro stupidità, perché non c'è forza che resista all'acido e alla lima dell'intelligenza: tanto è vero che le tirannie non temono gli uomini forti, nerboruti, muscolosi, e stupidi, ma gli uomini intelligenti, sian pur magri, deboli, e di poche spalle.

A confermar la persuasione dei toscani, che intelligenza e libertà vogliono dir la stessa cosa, dovrebbe, in fondo, bastare la natura stessa della schiavitù, che non è soltanto un viver sotto il bastone, ma anche un vivere in soggezione di idee sbagliate, o balorde, o di sciocche superstizioni e ipocrisie da bigotti. In Toscana la pianta bacchettona è sempre vissuta male, fra mille stenti: pareva, e pare, una pianta annaffiata con lo sputo. I bacchettoni, e ogni altra specie di bigotti, non mancano tuttavia, a essere giusti, nemmeno in Toscana: ma sono esseri nati da strani accoppiamenti, da maligne mescolanze di sangui, e più figli dell'incrocio che della croce.

Son quei tali toscani che da noi si chiaman barlacci, il che, per chi non lo sapesse, è detto delle uova non del tutto marce, ma quasi. E non fa perciò meraviglia che in Toscana, dove i ladri e gli assassini son visti meglio dei bacchettoni, si preferiscano le uova marce a quelle barlacce, per l'esperienza che tutto quel che c'è di male fra noi nasce dalle uova barlacce.

O prudenza dei nostri padri, o vivace intelligenza, o animo onesto e fiero dei toscani antichi, che non tolleravano in casa propria né tiranni né bacchettoni, e per difendere la propria libertà non ci pensavano due volte a correre a fare alle coltellate in Santa Reparata, a bruciare il Savonarola in Piazza della Signoria, a minacciare il Papa, ed era un fiorentino, che se veniva a Firenze gli avrebbero messe le budella in mano, che è un modo di dire piacevolissimo, ma non garbava al Papa: non perché fosse un modo di dire volgare, ma perché il Papa sapeva che i fiorentini dicevan sul serio. O mirabile sfrontatezza dei toscani, quanto mi sei cara! E quanto suoni pudica, e modesta e nobile e timorata di Dio, in bocca a tutti quelli di noi che hanno serbato il gusto antico delle parole schiette, sane, e caste, che fanno arrossir di pudore: e non è colpa nostra se nelle altre lingue d'Italia fanno arrossir di vergogna.

Che importa se coloro che ci voglion male, italiani e stranieri, e muoion di rabbia e d'invidia sol se apriamo la bocca, stimano cosa da béceri, da piazzaioli, da trippai, da bighelloni, da pellai, questa nostra antica, meravigliosa, sboccata libertà? Gran virtù dei toscani, quella d'esser sboccati. E non la ritrovi soltanto in bocca ai béceri e alle ciane, ma in bocca a Dante, al Boccaccio, al Sacchetti, al Magnifico, a Machiavelli, e a Fazio degli Uberti, a Cecco Angiolieri, a Folgore da San Gimignano, per tacere del Berni, del Burchiello, dell'Aretino, del Lasca. Perfino in bocca a San Bernardino da Siena la ritrovi, quella virtù dei toscani.

E van ringraziati i béceri, i trippai, i piazzaioli, i bighelloni, i pellai, e Dante, e il Magnifico, e San Bernardino, e gli altri toscani come loro, se anche nei tempi calamitosi dell'universale vigliaccheria e cortigianeria italiane, quando non dico parlare, ma solo muover la bocca, era gran pericolo, c'è sempre stata in Italia gente ardita e schietta che parlava a bocca aperta, e dava di bischero, in piazza, a Papi, a Re, a Imperatori, e non aveva paura dell'inferno: cosa rara e meravigliosa, in una Italia dove tutti giustificano la propria viltà con la paura dell'inferno.

Dovevan proprio venire i piemontesi di Cavour, liberali e codini, e i milanesi del «Caffè», e i bacchettoni, i barbogi, i parrucconi, gli ipocriti di tutta Italia, a torcere il naso davanti alla sboccata insolenza dei toscani. A sentir quegli «italiani», l'Italia vera non era quella sana, schietta, popolare che dice «*'Toboia*», ma quella a modino, di boccuccia stretta, di manine bianche, di nasino a ricciolo, di voce scivolosa, che dice «*permio*», l'Italia, insomma, manzoniana. E chi sa che cosa sarebbe diventata l'Italia in mano a quei signori, se i toscani non avessero salvato l'antica e nobile tradizione di un'Italia popolare, sfrontata e sboccata, allegra e insolente, che è poi la sola Italia degna di rispetto, almeno agli occhi dei toscani, che di certe cose s'intendono più di tutti gli altri italiani.

Gran fortuna per tutti, in Italia, che i toscani siano uomini intelligenti, e perciò liberi. E maggior fortuna sarebbe, se in Italia ci fossero più toscani e meno italiani. Poiché l'Italia ha bisogno di gente che le faccia onore: come le fanno onore i toscani col solo fatto di essere intelligenti e liberi, e perciò di far da contrappeso (seduti come sono sul fulcro della bilancia, proprio in mezzo all'Italia) alle due parti povere d'intelligenza e di libertà, in cui l'Italia è divisa.

II

Perfino nell'uso delle parole i senesi lasciano l'olio toscano per il burro.

Apro la finestra, ed è primavera, chiudo la finestra, ed è primavera. Prendo il bicchiere che è sulla tavola, lo riempio d'acqua, ed è primavera. È aprile, e tutta la Toscana è primavera, ma al modo toscano, che è un modo acidulo, asprigno, sa d'uva acerba, e lega gli occhi e i denti.
Mi volto, e non so più se mi trovo al Forte dei Marmi, in Versilia, o a Volterra, o a Montepulciano, o nella pineta di Galceti, presso Prato, o a San Gimignano. Forse quella spera di cielo sul tetto, quell'ombra lucente in fondo al pozzo, il delicato bagliore delle «viole di Santa Fina» nelle crepe delle torri, forse tutto questo è San Gimignano? Tocco la brocca dell'acqua, ed è primavera a San Gimignano, chiudo le imposte, e la penombra verde nella stanza è primavera a San Gimignano. Anche nella stanza del Podestà, oggi, in questo momento, è primavera, dentro la tinozza da bagno dove la bella donna formosa e il giovane dagli occhi di tartaruga neri e lucenti lasciano navigare la mano per accarezzarsi sott'acqua. Spalanco la finestra, e il mostro ronzante che è primavera vuol entrare a forza, e io gli paro il passo col petto, allargando le brac-

cia, come una vela che raccoglie il vento nel grembo, e non vuol lasciarlo passare, e gli resiste.

A un tratto nella mia stanza entrano tutto il verde il grigio l'ocra dei campi e delle colline, e ultimo a entrare è l'azzurro lontano della Montagnola, velato dall'argento degli olivi di Poggibonsi e di Colle d'Elsa: tutta la campagna senese entra a forza nella mia stanza, e io mi trovo all'improvviso in mezzo al più femminile paese toscano, e lo ascolto parlare. Non è la voce di Folgore, acuta, e un po' stonata nelle «e» e negli «i», una voce di testa, né la vocetta magra di San Bernardino, ma quella giovanile e chiara dei contadini di questa parte del territorio di Siena, che parlano una lingua garbata e sorridente, simile al greco dei commensali di Platone, che han perso il maschio della lingua. Quel maschio della lingua greca che ritrovi in bocca al popolo di Firenze, e di Pisa, di Arezzo, di Volterra, dove la Toscana è più maschia.

Non posso udire la parlata senese, senza che il cuore mi si muova. Ma a San Gimignano, che fu sempre, o quasi sempre, fiorentina, se ne togli quei cento e cinquant'anni della sua libertà comunale, il parlare non è schiettamente senese, v'è in fondo qualcosa di torbido, di fiorentino: un'eco di quel rauco grattar nella gola, di quel sibilar dell'esse, di quell'improvviso cadere dal « ti » duro nella morbida cadenza del « theta » greco. Che è il parlare a bocca larga, e a denti stretti, proprio dei fiorentini. Vi si sente un impaccio, un peso strascicato, e direi una paura, come se questi popoli intorno a Poggibonsi, già per metà senesi, non si sentissero l'animo di voltar le spalle a Firenze. Quasi che la lingua fiorentina avesse posto l'assedio al territorio senese, e stesse ritta sulla soglia del contado di Siena col suo piglio insolente e il suo sguardo protervo e canzonatorio. Qui mi provo a spinger la porta, e a entrare.

S'entra nel senese come nel burro. E qualcosa di butirroso è infatti non solo nel parlare, ma nei modi, in quell'atteggiar del viso al complimento, al sorriso riguardoso, all'occhiata liscia del padron di casa bene educato, e un po' timido, all'ospite forestiero. Perfino nell'uso delle parole i senesi lasciano l'olio toscano per il burro. Dicono *citto* per ragazzo! *cittino* per bambino! Come in Lombardia, e in tutti quei paesi dove vivono i popoli che dicono *magara*, parola barbarica che inorridì Dante e gli fece chiudere il *De vulgari eloquentia*. O di dove vien mai quel *citto*? Dai Longobardi? Eppure i barbari, se in ogni altra parte d'Italia si fermarono da padroni, da noi, in Toscana, non fecero che passare. E più che un passare fu un tirar di lungo. Quei pochi che ci rimasero, vivi, si affrettarono a parlar toscano. E allora, di dove viene quel *citto*?

E quei sorrisini, quelle leccatine, di dove vengono? E quel parlar piano, a voce bassa, come per timore d'essere udito dalla stanza accanto, e quel muover lento delle mani, e quel guardarsi intorno ogni tanto, come per pudor dei vicini, e quel camminare con quei passetti corti e leggeri, e tutta quell'economia, che in toscano vuol dir parsimonia, dell'aspetto e dei modi, che deve senza dubbio rispondere a un concetto di economia nella vita, e nell'amministrazione del podere, della casa, della città, dell'intera esistenza di ognuno e di tutto il popolo.
Non so di dove venga quel *citto* lombardo, ma il resto so che vien da Siena, ed è gentilezza: la famosa gentilezza toscana, che cerca e cerca si ritrova soltanto presso i senesi. Benché per i toscaneggianti, e per i grammatici granducali, la gentilezza sia cosa toscana, e tutti i popoli toscani sian gentili. Ma valla a trovare a Campi Bisenzio la gentilezza, o a Prato, a Tavola, a Jolo, a Pisa, ad Arezzo, a Empoli, a Figline, o di là d'Arno, a San Frediano. Valla a trovare presso i toscani maschi, quella gentilezza per manzoniani e cruscanti. A dirla fra noi, la gentilezza sta di casa soltanto a Siena. Altrove, nel resto della Toscana, è civiltà di modi, e non di voce, di piglio, di tono, di pa-

role. Civiltà, non gentilezza: che son due cose diverse. Se domandi a un fiorentino quale sia la strada per Piazza della Signoria o per il Ponte alle Mosse, o altro che vuoi, il fiorentino ti risponderà con civiltà, non con gentilezza. L'urbanità dei fiorentini, e degli altri toscani maschi, pisani, aretini, livornesi, maremmani, è tutto, fuorché gentilezza: che è soltanto cosa di Siena.

Tu senti, nel modo di risponderti del fiorentino, una certa alta noia, una degnazione, una fretta, e insieme una prevenzione, un sospetto, che non sono cose proprie della gentilezza: la quale non toglie il sospetto, che sempre c'è, ma si accontenta di mascherarlo. Pròvati a domandare a un Santo fiorentino, (pare impossibile, ma ce n'è), una qualche notizia, per esempio, intorno al Paradiso. E sentirai che risposta. Ti darà la notizia, sì, ma a denti stretti, piallandoti con gli occhi dal capo ai piedi, come se non soltanto tu non fossi degno di salire in Paradiso, ma nemmeno di domandarne notizia. Anche se quel Santo fosse San Zanobi, o Santa Reparata, o quel Santo per signori che fu Filippo Neri, sarà miracolo (anche i Santi, in Toscana, si arrischiano a far miracoli), se non chiamerà il Bargello.

Ma pròvati a domandar notizia del Paradiso a San Bernardino da Siena. Vedi come si ferma, come si volta premuroso, torcendo lievemente il collo prima di volgersi con tutta la persona: e come ti guarda sorridendo, senza sospetto apparente, senza malizia. (Il sospetto e la malizia ci sono, ma come c'è l'ombra in fondo all'acqua più chiara, in fondo allo sguardo più limpido. E chi non sia pratico dell'innocenza di Bernardino, la scambia per innocenza, le si affida come l'uomo semplice e onesto si affida all'innocenza).

« Che volete? » ti dirà San Bernardino, e muoverà la bazza, che ha liscia e un po' femminile, una bazza da vecchina, ti sorriderà risciacquandosi la bocca con la lingua. E appena gli avrai detto quel che vorresti da lui, ti risponderà senza salire in pulpito, così, alla buona, ti racconterà che cos'è il Paradiso, e dov'è, com'è fatto, e quanto è grande, quante stanze ci sono, quante scale, quante chiese, quante cucine: ti dirà tutto in *ine*, stanzine, scaline, chiesine, cucinine, e così via, talché il Paradiso finirà per apparirti una specie di palazzo Piccolomini o Tolomei, ma piccino piccino, da non poterci stare che inginocchiati, e in pochi. Un Paradiso alla senese. E San Bernardino ti dirà come ci si va, quel che ci si trova, ti descriverà i mobili, i quadri, le tende, e quel che si vede dalle finestre, e com'è il granaio e la cucina, quel che c'è in dispensa e in cantina, quel che cuoce in pentola, e quel che gira infilato nello spiedo, nel grande camino di pietra serena. E secondo la stagione ti dirà che son beccacce o tordi di Monte Follonico, o lepri di Torrita e di Sinalunga, o quaglie di Cetona, e ti parlerà a voce bassa del vino, che è il «nobile» di Montepulciano: ma ti dirà sospirando che lui non ne beve, perché il bere fa male, porta all'inferno, e intanto si ciuccerà con le labbra la punta della lingua, come la punta di uno zìpolo.

Ogni volta che mi ritrovo nella Toscana senese, e ripenso a San Bernardino, mi torna in mente Franco Sacchetti. Poiché, se a prima vista non vi sia rapporto alcuno fra il Santo senese e il novelliere fiorentino, ed anzi l'uno appaia il contrario dell'altro, tuttavia, a pensarci bene, ti accorgi che son fratelli. Non fratelli coltelli, ma fratelli veri. Le prediche di San Bernardino e le novelle del Sacchetti hanno una parentela che non è soltanto letteraria. Appartengono ambedue a una civiltà semplice, casalinga, tra borghigiana e contadina, una civiltà di artigiani, di fattori, di bifolchi, di ortolani, di mugnai, di osti, di barrocciai, di frati e di monache. Una stessa stagione, una stessa aria: lo stesso cielo chiaro, gli stessi odori, colori, sapori. Un'aria che sa d'erba e di cipolline, di prezzemolo e d'aglio, di ceci e di baccalà, di grano e di trucioli di legno, d'olio e di vino, di viuzze annaffiate di fresco, nelle sere d'estate, davanti all'uscio di casa.

Gli stessi borghi e le stesse città, dove, fra bottega e bottega, fra convento e convento, fra il Palagio e le prigioni, fra lo spedale e il cimitero, fra casa e casa, si aprono orti verdi odorosi di salvia. Paesi e città appoggiati con familiare confidenza al silenzio della campagna senese. Un silenzio come un alto muro, graffiato dagli stridi delle rondini. Ma, sopra tutto, lo stesso popolo.

E sbagli se credi che San Bernardino fosse pieno d'ira e di disprezzo per quel popolino di peccatori, cui parlava con tanta semplice e pacata violenza. Sebbene egli predicasse a cristiani pieni di voglie e di peccati, più inclini ai vizi e agli errori che non alla virtù e alla penitenza, sebbene li minacciasse ad ogni parola di fuoco eterno, in fondo li stimava. Voleva bene a quelle donnette maligne, pettegole, avare e bugiarde, a quegli uomini astuti, taccagni, dispettosi e ladri. Non erano certo quali li avrebbe voluti: ma anche così non gli dispiacevano. E meno male che non erano peggio! E poi, che peccati eran quelli della povera gente, a petto dei viziacci e dei peccatacci dei potenti? «Brucerete tutti!» gridava Bernardino con quella sua vocetta senese: e sorrideva come un padre ai figlioli, muovendo qua e là il suo mento aguzzo.

Così è del Sacchetti. Dove, a prima vista, credi di avvertire un disprezzo da moralista per quei mercanti, osti, buffoni, ladri, dottori, frati, e donne ribalde, a poco a poco, passato il primo bruciore, t'avvedi che il Sacchetti non solo li capiva, ma in cuor suo li stimava: li prendeva, cioè, per il loro verso, giudicandoli gente semplice o furba, ingenua o spregiosa, tutti di parola e di mano lesta, ma in ogni modo partecipi di un'umanità attenta e civile, di una società dove il dare pareggiava l'avere, e non sempre i conti più imbrogliati si saldavano con una vigliaccata. Il bastone, s'intende, correva allora per le terre, allegro e fronzuto, e s'inverdiva ad ogni passo. Tutto, però, finiva in celia, in desinari, in bevute, in burle, in risa, anche se talvolta il riso era peggio delle legnate. Poiché attraverso l'intreccio delle beffe, sotto la scorza acerba delle parole, con le quali i personaggi del Sacchetti si graffiano e si frustano, senti un rispetto reciproco, un'arguta consapevolezza, una comprensione indulgente dell'umano stato.

I veri ribaldi, i veri malvagi, i veri dannati, son rari, nelle novelle del Sacchetti: e dovevano esser rari anche nella folla che ascoltava in ginocchio, in Piazza San Francesco, o sulla Piazza del Campo, le prediche di San Bernardino. Quell'età che dal fondo di secoli oscuri giunge alle soglie splendide e tristi del Rinascimento, ci appare arsa e annerita da una gran fiamma di cattiveria, di vizi nefandi: ma era anch'essa, in quanto al popolo, un'età semplice, umile, puerile. Se lasci da parte le ambizioni, gli odii, i pravi disegni dei potenti, non puoi dire che il popolo fosse bruciato di malvagie passioni, o ingordo di strani ed enormi vizi. Era di modi, di gusti e di costumi schietti, e, in un certo senso, ingenui. Una sorta di fanciullesca fantasia muoveva i pensieri e gli atti della povera gente. Ciò che forse la salvava dai mali e dalle rovine del secolo, erano un'arguzia, un'ironia, un buon umore, un realismo spicciolo e bonario, quelle stesse doti che ancor oggi ritrovi nel popolino di gran parte della Toscana, dell'Umbria, delle Marche. Era, sopra tutto, quel senso casalingo della storia, per il quale il «particulare» si sentiva al riparo da ogni universale rivolgimento, da ogni pericolo di natura pubblica, come d'ordinario si sente chi sta in casa propria. La Toscana, anche allora, era l'unico paese al mondo che fosse una «casa»: il resto d'Italia, e Francia, Inghilterra, Spagna, Germania, erano Repubbliche, Monarchie, Imperi, non «case». E quei matti e ribaldi stranieri che andavano per il mondo a far guerre, ad assediare castelli, ad espugnare città, a conquistare regni, a saccheggiare orti, cantine, e granai, erano guardati dal «particulare» toscano quali miserabili senzatetto, quali sciagurati bighelloni e vagabondi destinati a morir come cani nelle piazze, nei fossi, lungo le strade.

In un tempo in cui i potenti si rubavano gli Stati, l'onore, la vita, si ferivano tra loro con le armi e col tradimento, si muovevano guerra con eserciti mercenari, correndo da un capo all'altro d'Italia per bruciare, uccidere, saccheggiare, quanto appaiono ingenue e puerili le celie, gli scherzi anche i più amari, le stesse cattiverie e malignità del popolino! Che sono, di fronte ai sanguinosi giochi dell'ambizione, di fronte ai vizi, alle ruberie, alle prepotenze, agli omicidii e alle guerre dei potenti, che sono le burle, le beffe, i furtarelli, i peccatucci, gli imbrogli e le bastonate del popolo minuto? Fa piacere, mentre la Firenze di Messer Franco, la Siena di Bernardino, la Toscana e l'Italia tutta, erano piene di tirannie, di ammazzamenti, di delitti senza nome, pubblici e privati, contro la dignità e la libertà degli Stati e dei popoli, l'onore e gli averi dei cittadini, fa piacere, dico, veder quei bravi artigiani, osti, barrocciai, frati, donnicciole e mendicanti, divertirsi a pigliarsi in giro, e, come dice il Sacchetti, a « mordersi » l'un l'altro con le parole, le occhiate, le risa, a tagliarsi i panni addosso, e talvolta anche la pelle, ma poca pelle, con tanta arguzia e felicità di umori e d'invenzioni. Si beffano, si legnano, godono dei mali altrui, dei propri ridono in pubblico, si sfogano, insomma, a spese comuni, eppure senti che, in fondo, si vogliono bene, si compatiscono l'un l'altro, si stimano per quel che sono, cioè per buona gente.

Gran popolo, il toscano, saggia e meravigliosa età, quella che va dal Sacchetti a San Bernardino, da Dante a Lorenzo. Ed era proprio l'età in cui la nebbia dei tempi feroci s'andava diradando, e già spuntava la luce, violenta e falsa, del Rinascimento. Non v'era ancora nell'aria la tristezza del Machiavelli e del Guicciardini. Gli animi erano lieti, i costumi semplici, un'Italia aulica si veniva formando a fatica, tra maledizioni d'ogni specie. I modi consueti del viver civile, che erano i modi del popolo, decadevano, andavano in disuso, nuove classi, più ricche d'esperienza e di denaro, prendevano il posto delle antiche e popolari, l'Italia diventava rapidamente una provincia d'Europa, e tuttavia il popolino toscano continuava a vivere una sua vita schietta e ironica, viveva in casa propria, come se l'Italia e l'Europa fossero campi incolti, come se gli Stati, le Monarchie, gli Imperi, fossero terreni sterili, come se la civiltà e l'umano destino, più che dal Papa o dall'Imperatore, più che dagli alti e misteriosi negozi della politica, dipendessero dalla luna, dagli umori delle stagioni, dal raccolto del proprio podere e dalla lattuga dell'orto di casa.

Alla parentesi servile, che già s'annunziava per l'Italia, dei tre secoli d'invasioni e di tirannie straniere, il popolo minuto, in Toscana, rimaneva estraneo. Dirò che non credeva alla gloria degli altri. E si è poi visto, si vede tuttora, che il giorno in cui l'Italia riprese a farsi una sua ragione particolare in un'Europa insanguinata e disordinata, il viso che apparve primo fuor delle macerie fu quello, specie in Toscana, del popolo minuto. Il linguaggio che tornò in uso, sotto il rumor della retorica e lo strepito delle trombe neoclassiche, fu quello del Sacchetti, fu quello di Bernardino. Linguaggio, fra tutti gli altri, il più vivo, il più sincero, il più cristiano, e, se si vuole, il più politico e il più italiano: che è poi quello stesso del *Principe* e delle *Storie d'Italia*. Talché, leggendo il Machiavelli o il Guicciardini, ti par sempre di udire nello sfondo il Sacchetti narrar di beffe e di arguzie, o Bernardino predicare in piazza alla folla inginocchiata, o parlare alla buona fra amici nel magro refettorio di un povero convento di campagna, tutto bianco di calce, o intorno a una tavola apparecchiata nella bottega di un falegname, o sotto il pergolato di un'osteria, o sull'aia di un contadino.
San Bernardino partisce il pane, condisce

l'insalata, e intanto dice all'uno: «all'inferno ti manderei», e all'altro: «con tutti i peccati che hai sullo stomaco, un buon bicchiere di vino ti farà bene», e racconta quel che gli accadde il tal giorno ad Asciano, il tal'altro a Monteriggioni, il tal'altro a Colle, a Sarteano, a Montalcino. Poi, in fin di desinare, si mette a parlar di Cristo, degli Apostoli, dei Martiri, dei Santi, e par che narri una novella del Sacchetti. Come se i miracoli di cui parla li avesse letti non nel Vangelo e nelle Vite dei Santi, ma in quel libro misterioso che il Sacchetti, in una sua novella, dice per celia di portar sempre con sé, (e lo chiama il *Cerbacone*, volendo dire il cervello), dove è scritta la vera storia del popolo toscano.

Si ciuccerà con le labbra la punta della lingua, San Bernardino, come la punta dello zìpolo di una botte, e poi ti dirà seguitando qual'è la strada più corta, e la strada più lunga, per andare in Paradiso, quali gli inciampi, gli incontri, i pericoli. E se lo ascolterai chiudendo gli occhi, ti parrà d'essere a Siena, o a San Gimignano, o a Castiglion d'Orcia, o a Torrenieri, o a Pienza, in un giorno di mercato, e ti parrà di ascoltare i sensali, i fattori, i capoccia, gli ortolani, i barrocciai, i carradori, i fabbri, i falegnami, che discutono dei loro negozi e si mandano l'un l'altro all'inferno, nelle piazze che lievitano e gonfiano al sole come la pasta del pane dentro la madia.

Perché i popoli senesi parlano tutti come Bernardino, voglio dire con lo stesso accento, come se parlassero a quelle *mi' vecchine*, a quei *mi' cittini*, a quelle *mi' sposine*, a quei *mi' compari*, dolcemente, con voce piana, con quella gentilezza che è soltanto cosa senese. E se han da grattarsi, lo fanno con pulizia, se da soffiarsi il naso, con pudore, se da darsi una toccatina, con garbo: con quella pulizia, con quel pudore, con quel garbo, con i quali i pittori senesi dipingevano le loro Madonne e i loro cittini e i loro santi, e gli angeli. Dipingevano manine, nasini, gotine, bocchine, capellini, gambine, braccine, piedini, ditini: e le ali, le alette, le aline degli angeli paiono ali di mosca, argentee e trasparenti, e le nuvole su cui siedono le Madonne paiono fiati, fiatini, fiaticelli di bocche malate, e i monti lontani, in cui riconosci l'Amiata, il Cetona, Radicofani, e i poggi di Colle d'Elsa, di San Gimignano, di Montalcino, di Montepulciano, paiono mucchiettini di terra, e i cieli spicchi di cielo, e i campi campicelli. E in quell'universo di persone gentili, a modino, con le manine pallide, i nasini rosei, gli occhini azzurri, e di alberelli verdi, di fiumi rosei, di olivi d'argento, di strade bianche e turchine, spira un'aria di casa, un'aria senese: un'aria che basta un pittore fiorentino a respirartela tutta in una boccata sola.

Per fortuna, la natura, che fa le cose come si deve, ha provveduto a mettere intorno a Siena e ai senesi una cintura di gente viva, che parla a voce alta e pensa forte, e mangia e beve e respira e combatte e cammina e fa all'amore a muso duro, perché la gentilezza senese non diventi contagiosa, e non ingentilisca troppo i toscani, che stan bene così come sono, tutti occhiacci, gomiti, e nocche. E se da tre lati ha messo i fiorentini, i volterrani, gli aretini, la gente dell'Amiata e della Maremma, a oriente ha messo i popoli di Perugia: i soli amici che la Toscana abbia in questo mondo, che dei toscani hanno gli estri, i pruriti, e i fuochi, gli orecchi a punta, il naso d'osso, e le braccia pelose, e forse qualcosa in più dei toscani, forse qualcosa in meno.
E qui dirò dei perugini, e delle ragioni che li fanno amici nostri: fra le quali la maggior ragione è la stretta parentela fra la nostra pazzia e la loro, se s'ha da chiamar pazzia quel festoso e bizzoso umor di cane, che è il più schietto e più vivo umore dell'uomo, quando è uomo vero.

III

Hanno un modo d'inginocchiarsi, che è piuttosto uno stare in piedi con le gambe piegate.

Questo festoso e bizzoso umor di cane lo avverti, in vario modo, non solo nei toscani, e più nei fiorentini, nei pisani, e negli aretini, ma in tutti gli umbri, massimamente nel popolo perugino, e fin nelle case, negli alberi, nel cielo di Perugia. Guardate la pietra di cui son fatte le case dei perugini, sia quelle nobili di Porta Sole, sia quelle povere di Porta Sant'Angelo: che è una pietra liscia e lucente, di un color chiaro fra l'argento e l'avorio, e non ammuffisce, non prende macchie, né l'aria, fredda o calda, la rode, e il vento non vi può dar di capo, per non doverselo rompere, ma vi scivola sopra, ne scantona alla svelta, senza smussare gli spigoli. Talché, in certe giornate ventose, se ti metti al riparo contro un muro, senti il fiume del vento scorrere silenzioso sulla pietra chiara, e appena appena fa stormire le foglie di acanto dei capitelli, le fronde di quercia, le ghiande, i ramicelli di mirto, appena appena arruffa le penne di ferro dei Grifi appollaiati sui portali dei palazzi.

Ogni tanto una voce di donna, un grido di bambino, un ridere acerbo, scendono da Porta Sant'Angelo, da Porta del Bulagaio, rimbalzano di pietra in pietra, di cantonata in cantonata, giù per le vie della Cera, della Spada, del Pepe, s'ingolfano sotto l'Arco etrusco, salgono per la Maestà delle Volte, sboccano nella grande piazza andando ad acquattarsi dentro l'alveo della fontana o sotto le logge di Braccio. Il vento, qui, se gli appoggi la guancia al fianco, parrà un gran piccione tiepido e dolce, dal cuore che batte forte contro la pietra della scalinata.

E chi va per i rioni popolari, per le viuzze chiuse fra gli alti, immensi, potenti muri di macigno, vedrà donne sedute davanti alle soglie parlar fra loro muovendo lente il viso e le mani or qua or là, e guardandosi intorno con impudica e grave fantasia. Vedrà giovani dal viso magro e tagliente, dal naso diritto, dagli occhi obliqui simili agli occhi degli etruschi perugini, i Volumnii, i Rafia, i Noforsina, gli Afunin, i Velthina, i Tetinii, dai neri capelli ricciuti, dalle tempie strette, dalle labbra sottili, ragionar fra loro a voce bassa sotto alte volte oscure. E affacciate alle finestre, dove a Siena stan le giovani e leggiadre, vedrà le vecchie e laide, con i gomiti e il seno secco appoggiati ai davanzali di pietra d'argento, far scongiuri, e puntar col dito la nuvola la torre l'albero, e le udrà ridere chiocce, e ogni tanto gridar con voce rotta monche parole, e le parole cader con tonfo sordo, come mele marce, sul lastrico della strada. Nel piccolo prato davanti al Tempio, o negli orti e nei campi lungo le mura, fuori Porta Sant'Angelo, vedrà uomini magri dagli occhi lucenti, seduti nell'erba fra due alberi, grattarsi la testa come in quell'affresco nella Sala dei Notari: e scoprirà che il grattarsi la testa, così a Perugia come in Toscana, è il modo popolare di affrontar la povertà, i dolori, la sfortuna, senza dar soverchio peso al male, senza scomodar Dio e i Santi per così poco. Che è il modo di grattarsi la testa perché si ha prurito. Ed è un modo assai diverso da quello di tutti gli altri italiani, che si grattan la testa perché han qualche grattacapo.

Sempre, ogni volta che il ragazzo che io ero nel 1915 mi chiama a Perugia, percorro lo stretto sentiero che si snoda intorno alle mura, verso le balze e i prati dove nasce il Rio. E il cuore sempre mi duole nel petto, ogni volta che mi fermo a guardarmi intorno, fuor della Porta Sant'Angelo o della Porta Sperandio, e rivedo i cipressi di Monte Ripido, e l'alto muro del convento dove vissi soldato nel Giugno del 1915 con Enzo Valentini, e l'erba delicata e verde che si allontana in un biancheggiar di margherite, (e d'autunno il prato è bianco di asfodeli, e io cammino cauto, nei fiori dell'Ade immersi i ginocchi), e più in basso gli alberi dalle foglie di quel verde lucente, che balena negli alberi del Perugino e di Raffaello giovane. E in mezzo all'erba la bambina mor-

ta che un ragazzo, una sera di giugno del 1915, quando ero un ragazzo, trovò in fondo al sentiero presso l'antica Porta del Bulagaio. Aveva il viso nero di formiche, le ginocchia nude, il pugno stretto sulla bocca socchiusa in un grido freddo. Rivedo il bifolco che vidi un giorno picchiare crudelmente un bambino sulla strada per San Marco, davanti a un uomo vestito bene, con cravatta di seta e colletto duro, sceso da una carrozza: e il signore ben vestito mirava quella scena con superbia e timore insieme, come il leone che in uno specchio della Fontana Maggiore guarda con rispetto il villano che batte crudelmente il cucciolo, sotto la triste impresa: « *Si vis ut timeat leo verbera catulum* », se vuoi che il grande ti tema batti il piccolo.
E giunto a mezza strada fra Porta Sant'Angelo e Porta Sole, mi fermo ogni volta ad aspettar le nuvole bianche che salgono la sera dai monti del Piccione, là verso Gubbio, e le nuvole rosee che spuntano dalla spalla del Subasio, laggiù sopra Assisi, nel cielo azzurro che soltanto a Perugia mi è amico, quasi quanto mi è amico, a me toscano, il cielo della Toscana.

Poiché gli umbri, e massimamente i perugini, sono i soli, fra i popoli italiani, che vogliano bene ai toscani, e non ne abbiano sospetto, né temano la libertà della loro intelligenza, né l'asciuttezza della loro natura d'uomi-

ni. I soli che osino dirsi fratelli dei toscani, non perché siano nati da uno stesso padre e da una stessa madre, ma perché in molte faccende non conoscon né babbo né mamma; i soli che abbiano per i toscani, cui si assomigliano nel modo d'intendere la libertà, e di spregiar chi comanda, un'amicizia aperta, senza rancore e senza invidia.
E non saprei dire se ciò sia per ragioni storiche, o altro. Credo sia per ragioni che non han nulla a che fare con la storia, perché se vi furon popoli che si battagliassero per secoli, con ferocia, con accanimento, senza alcuna misericordia, ma anche senza astio, questi furono i perugini e i toscani di Siena, di Chiusi, di Cortona, di Arezzo. E anche tra Perugia e Firenze qualche botta in capo ci dev'essere stata, magari per sbaglio, almeno a giudicare dal modo come perugini e fiorentini si toccan furtivamente la testa quando s'incontrano per la strada.

Che si assomigliano fino a sembrar fratelli si vede anche da come, gli uni e gli altri, si raccomandano a Dio, quando non sanno più a chi raccomandarsi. Perché, in fatto di religione, son religiosi: portati come sono per natura alla devozione, ed egualmente alla bestemmia, che è una maniera rabbiosa d'esser devoti. Hanno un modo d'inginocchiarsi, che è piuttosto uno stare in piedi con le gambe piegate: al contrario di tutti gli altri italiani, che anche quando stan ritti sembra che stiano in ginocchio. Ed hanno un piglio tutto proprio di chinar la testa davanti alla Madonna e ai Santi, che se io fossi quella Madonna o quei Santi me ne offenderei.

Dal modo dei perugini e dei fiorentini d'intingere le dita nell'acqua santa, diresti che scotta; dal modo di farsi il segno della croce, diresti che vogliono spaccarsi la fronte, il petto, e rompersi le spalle. Si segnano con rabbia, e non ho mai saputo il perché. Forse perché a loro non piace darsi la croce addosso con la propria mano. Nelle processioni portano il Cristo come se lo andassero a impiccare, e gli stendardi e i ceri come fossero picche e pertiche da dare in capo alla gente. Cantano le litanie con certe voci che ti fanno venire il sudore freddo nella schiena, voci non di preghiera, ma di minaccia. E quando intonano il *Salve Regina* par che dicano *Sàlvati, Regina.* Che non è, come si potrebbe credere, un modo d'esser turchi, di non aver riverenza né soggezione della Madonna, ma un modo garbato di ricordare alla nobilissima Signora del Cielo che al mondo non c'è soltanto l'Inferno, il Purgatorio, e il Paradiso, ma c'è anche Perugia, Firenze, e Campi Bisenzio.

E non si creda che solamente i perugini e i fiorentini sian così, ma tutti gli umbri, senza distinzion di pelo, che oltre ad essere devotissimi e grandissimi bestemmiatori, hanno il torto di pensare che perfino Cristo, la Madonna, e i Santi, abbiano, presto o tardi, a fare i conti con loro: che è un bel modo, non c'è che dire, d'intendere alla rovescia il Giorno del Giudizio. Nelle feste che fanno ai loro Santi si scaldano a un punto tale, che nel calore delle processioni, del vino e delle luminarie, se qualcosa non va, se la pigliano col loro Santo, e lo bastonano di santa ragione. E non già la notte, di nascosto, come fanno in certi paesi che conosciamo tutti, ma in pubblico, alla faccia del sole. Quei napoletani che in Duomo, se il loro San Gennaro li delude con la poca forza del sangue, lo insultano, lo chiaman cornuto, gli tiran le scarpe in faccia, mi fan proprio ridere a petto di quel che i matti di Gubbio fanno al loro Sant'Ubaldo, e quelli di Todi, di Spello, di Foligno, di Spoleto, di La Fratta, di Città di Castello, di Magione, di Passignano, ai loro poveri Santi, quando le cose non vanno come dovrebbero andare.

Non è raro il caso che, dopo aver pregato tutto il giorno il loro Santo di far piovere, appena si mette a piovere lo bastonino perché hanno dimenticato a casa l'ombrello. Né che lo riempiano di pallini a furia di schioppettate perché non fa cessare la pioggia quando il grano è maturo, o perché la scrofa è morta di parto, o perché il pesce del Trasimeno diserta le acque di Passignano per andare a farsi pescare a Castiglion del Lago. Ed è accaduto che presso Gualdo Tadino un povero Santo di legno fu buttato nel Tevere con una pietra al collo, per un guasto che la piena del fiume aveva fatto a un ponte. Meravigliosi furori, che tuttavia non compromettono la loro grandissima devozione per i Santi, voglio dire per i loro Santi, perché di quelli degli altri poco si curano, e dei miracoli dei Santi forestieri fan quel pochissimo conto che meritano. E tanto spregiano, in fatto di santità e di miracoli, chi non è dei loro, che perfino il Papa hanno in uggia. Come testimonia quell'antico detto di Magione, presso il Trasimeno:

Santo de Magione
né papa né cojone.

È certo una vita difficile, quella dei Santi in Umbria, tanto difficile quanto è facile quella dei Santi in Toscana. Perché da noi i Santi, in fatto di miracoli, si guardano bene dall'esagerare, per non aver noie: hanno cura di farli che paian veri, che tutti possano fare, o credano di poter fare, che paian miracoli di tutti i giorni. Se un Santo si mettesse in Toscana a far di quei miracoli che paion falsi, tanto son pallottolosi, arzigogolati, e riccioluti, e che hanno l'aria che soltanto lui li sappia fare, puoi star sicuro che non la passerebbe liscia. Ai toscani non garba chi fa il difficile, e il ficoso, (che vien da «fare i fichi», far mille smorfie e sguerguenze), e così è che i miracoli da noi son cose di ordinaria amministrazione, lavori fatti a mano, tanto che nessuno se ne accorge. È come fare il bucato per una donna di casa, o fare il pane, o mettere i ceci a rinvenire.

Quelli di cui tutti si accorgono, non li fanno i Santi, che non li san fare, ma certi omìni che si chiaman Giotto, Arnolfo, Masaccio, Donatello, Brunelleschi, Michelangelo. A resuscitare un morto, a far camminare un paralitico, a ridar la vista a un cieco, tutti son buoni, dopo che Cristo ci ha insegnato come si fa, (e nel nome di Cristo che cosa mai non sapremmo fare?). Ed egualmente, ad agguantare a mezz'aria un muratore che cade da un palco. Basta avere la mano lesta. Ma a tirar su la cupola di Santa Maria del Fiore col solo aiuto di un filo a piombo e di una cazzuola, non tutti son buoni. Più che miracoli da Santi, son miracoli da uomini, voglio dir da toscani.

Benché poi ci sian molte cose miracolose che né gli uomini da soli, né i Santi da soli, sarebbero capaci di fare, se non si dessero mano gli uni con gli altri: e queste cose son la gentilezza, la semplicità, quasi direi la verginità, del paese toscano, opera più degli uomini e dei Santi, che della natura. Quel cipressino lassù, dove ci sta così bene, ce lo ha messo San Zanobi, aiutato dal fattore del Rucellai, quel pagliaio su quel poggio ce l'ha messo Santa Reparata, con l'aiuto di Agenore, il figliolo del contadino del Da Filicaia, quel muro rosso con quelle macchie di verderame, e quella pergola d'uva salamanna, ce li ha messi San Zenone o Sant'Jacopino, e gli han dato una mano i nipoti del Nieri, il capoccia che è sul podere dell'Antinori, vicino a Filèttole. Ma quelle viole lassù, in vetta alle torri di San Gimignano, ce le ha messe Santa Fina, e non l'hanno aiutata gli uomini, ma i piccioni: ed è un miracolo che solamente una bambina come Santa Fina poteva fare. Non ne sarebbe stato capace nemmeno Benozzo Gozzoli col suo pennello, tanto è vero che in cima alle torri di San Gimignano dipinte da quel gran pittore, quelle viole non ci sono.

E così viene il sospetto che tutto quel che pare miracolo di leggiadria e di purezza, in Toscana, l'abbian fatto i toscani, uomini e Santi, non la natura: l'Arno in fondo alle Cascine, la collina di Fiesole, il poggio di Bellosguardo, e quelli di Artimino, di Poggio a Caiano, di Montepulciano, e la Valdinievole, e il disegno giottesco dei colli di Montevarchi e di Certaldo, e la prima curva della strada che va in Mugello, appena fuori di Calenzano, e le

crete dell'Orcia Morta, e la spalla selvosa dell'Amiata e del Cetona.
Anche dove la natura sembra aver fatto le cose da sé, senza l'aiuto dei toscani, ci vedi la mano di Giotto, di Leonardo, di Filippo Lippi, di Sandro Botticelli, di Piero della Francesca: ma le nuvole, i ruscelli, i fiumi, tutto quel che scorre, che passa, che riflette il cielo, perfino quel colore d'argento che sulle pietre e sulle foglie degli alberi lascia il vento passando, son di mano di qualche Santo. Le « balze » di Volterra son certamente di Masaccio, il poggio del Fossombrone, a Prato, è certo di Filippino, ch'era pratese, e i colli di Torrita e di Sinalunga nessuno mi toglie di mente che li abbia fatti lievitare San Bernardino, parlando a Montepulciano, a San Giovanni d'Asso, a Sarteano, col lievito delle sue lievi paroline, galleggianti sugli olivi come bolle d'aria.

Di Santi, per fortuna, ce n'è pochi in Toscana, e grazie a Dio son della stessa pasta del pane casareccio, che è senza sale, un po' sciocco, ma di grano puro. E non han bisogno di far miracoli strepitosi, o barocchi, per guadagnarsi il Paradiso: che è lì, accanto all'uscio di casa, e ci si va come si va da una stanza all'altra. (Si apre una porticina, e s'entra). Basta che sappiano far le cose a modo: come sarebbe condire un piatto di fagioli o un'insalata verde, spogliare un carciofo d'Empoli, dosare il pinzimonio, toglier l'olio a un fiasco, affettare il prosciutto.

Poiché anche le cose più semplici, più umili, più ordinarie, hanno in Toscana una certa loro virtù, che le fa appunto miracolose: quel che altrove chiamano miracolo non essendo altro, da noi, che la virtù di far le cose a modo, a miccino, senza perdere il senso delle misure e delle proporzioni umane, l'arte di far le cose grandi col senso della piccolezza dell'uomo, e le piccole e umili col senso della grandezza umana: vale a dire col sentimento di quella meravigliosa armonia che regge i rapporti fra le cose grandi e le cose piccole, fra le cose terrene e le divine.

Sarà forse che i toscani non sono come i bovi, che vedono tutto in grande: ma è certo che non pèrdono mai di vista la misura del mondo, e i rapporti, palesi e segreti, fra gli uomini e la natura.

Guardate come fanno le cose a statura d'uomo, anche le più grandi, come costruiscono le case, i palazzi, le torri, le chiese, le piazze e le strade, con le porte strette, alte quel tanto da poterci passare senza abbassar la fronte, e le finestre da potercisi appena affacciare, non sporgere con tutta la persona, e le strade in rapporto con l'altezza delle case, e le chiese perché la gente c'entri a testa bassa e ci si vada a inginocchiare, non a recitare, a cantare, a sbracciarsi e a sgolarsi come in un teatro. E guardate come non smarriscono mai l'intelligenza delle proporzioni umane, nemmeno quando alzano in cielo la cupola di Santa Maria del Fiore.

Chi voglia persuadersi di questa greca virtù dei toscani, la più greca delle loro virtù, e cioè del senso della misura, guardi la pittura senese e fiorentina, dove le architetture son così fatte, che un uomo a cavallo empie tutta la contrada, e sopravanza del capo il tetto più alto, e le montagne son più piccole degli alberi, e gli uomini sembrano bambini a petto delle viti, degli olivi, delle ginestre, e di quell'uccellino che canta lassù, fra i rami di quel cipresso: che non è per difetto di prospettiva, ma per antipatia di ogni magniloquenza.

E se i palazzi e le torri ti suggeriscono a prima vista l'idea che i toscani siano un popolo di giganti, quando poi guardi le case dove quel popolo vive, mangia, dorme, che son case piccolissime, ti meravigli che gli stessi uomini, i quali han costruito Santa Maria del Fiore, il Bargello, il Palazzo della Signoria, la Tor-

re di Arnolfo, la Torre del Mangia, Palazzo Strozzi, Palazzo Pitti, San Lorenzo, Santa Maria Novella, possano abitare in così piccole case: con quelle porticine, quelle finestrine, ma il tutto disegnato con tale armonia, con tal preciso senso della statura, o per meglio dire, della natura umana, che una volta dentro, benché alzando una mano tu giunga a toccare il soffitto, ti paion più grandi di Palazzo Pitti. E non perché i toscani siano bassi di statura, una specie di nani, (sono anzi, con quelli del Friuli, gli uomini più alti d'Italia), ma perché l'uomo, se lo guardi da vicino, (che è il modo di guardare dei toscani), è un animale piccolo, e ha bisogno di vivere, per sentirsi uomo, in mezzo a cose fatte a misura sua.
E questo vale non soltanto per l'architettura, ma per tutta l'arte toscana, a cominciar dalla letteratura: che è fatta come quelle case di cui dicevo dianzi, che di fuori sembran casette per bambini, ma dentro ci si vive larghi, e ad esaminarne l'ossatura, le proporzioni interne, ti accorgi che è una letteratura fatta senza spreco, ma con una così attenta e minuziosa cura, con un tal senso delle proporzioni, che anche i particolari minimi ti appaiono grandiosi, e la voltina più umile un arco di trionfo. Per rendersene conto, basta mescolarsi al popolo minuto di Franco Sacchetti o ai gentili uomini (accidenti a quel «gentili»!) di Dino Compagni, passeggiar nelle strade in compagnia di quei loro arguti e mane-

schi fiorentini, e pisani e senesi e aretini e lucchesi, per non parlar di quelli di Prato e di Pistoia, d'Empoli e di San Miniato, di Fucecchio e di Pontedera, entrar nelle case, seder nelle osterie, andare a una fiera o a un mercato, bussare a un convento di frati, fermarsi a una cantonata per vedere una bella sommossa o qualche bell'ammazzamento, seguire una processione o un funerale.

(O il Boccaccio? mi dirà qualcuno. Ma i toscani del Boccaccio, sotto le ricche vesti di mercanti e di prelati, sono anch'essi gente del popolo, sebbene rifatta, e nel loro pomposo linguaggio alla latina, con quelle lunghe frasi a coda di Cicerone, senti la parlata popolana di Calimala e di San Frediano. E poi, in fin dei conti, tanto peggio per il Boccaccio, ch'era mezzo francese per nascita, ed era vissuto lungo tempo nella Corte angioina di Napoli, se nel fatto d'esser toscano si lascia mangiar la pappa in capo dal Sacchetti, ch'era un toscano vero, di quelli magri; e tanto peggio per Francesco De Sanctis, poveretto, che scambia il « buon Sacchetti », come lo chiama lui, per un famulo del Boccaccio, e giudica le *Novelle* « un materiale grezzo, appena digrossato, con tanta magnificenza organizzato nel *Decamerone*», e vorrebbe far credere che il Boccaccio, con tutta quella pappagorgia, sia scrittore più vivo del magro Sacchetti. Che son cose da dirsi ad Avellino, non in Toscana).

O basta entrare nella *Comedia* per quella porticina stretta e bassa dalla quale è entrato Dante, e mettersi a percorrere e a misurare l'Inferno di girone in girone: dove il grandioso è minuto, e il sublime è casalingo, e tutti, dannati e diavoli, serbano proporzioni umane, che son poi le vere proporzioni dell'Inferno. Si pensi un po' a quel che sarebbe l'Inferno della *Comedia* se l'avesse architettato non un toscano, ma un napoletano, o un romano, o un lombardo. Si pensi a un Inferno del Cavalier Marino, del Bernini, del Borromini: a un Inferno di stile barocco!

Che volte, che archi, che colonne, e che ceffi, che cosce, che braccia, che mani, che bocche! E gli urlacci, le spinte, le sentenze, i pianti, i gesti, gli atteggiamenti, le pose. E le clàmidi, le toghe, le corazze, le muscolature, le code. E le bestemmie! Tutto più grande del vero, tutto a misura di giganti superbissimi, non di poveri peccatori. Si pensi al rumore, allo strepito, al frastuono, al chiasso, al clamore. Si pensi a quel che sarebbe diventata, in bocca a un diavolo che non fosse toscano, (e veramente non dovrei dir bocca), la trombetta del buon diavolo dantesco. Un ruggito, un tuono, una libecciata, altro che trombetta.

E qui mi fermo all'Inferno. Voglio dire che tralascio di salire al Purgatorio e al Paradiso, perché a far le scale mi viene l'affanno. Ma tutto Dante è lì, in quel suo toscanissimo senso della misura, che soltanto i greci hanno avuto prima dei toscani, e dopo i toscani i francesi. È tutto lì, in quella sua virtù di vedere in piccolo le cose più grandi, (di far del Paradiso un angolo di Toscana), di ridurle alla misura dell'uomo, non già col potarne i rami fronzuti, ma col farle vivere in una prospettiva umana, in quella particolare prospettiva dei toscani, in grazia della quale non sai se sia più grande il «mio bel San Giovanni» o San Pietro, la chiesetta della Spina, a Pisa, o il Duomo di Milano, il ponte di Santa Trìnita o il ponte di Brooklyn, la Torre del Mangia o la Tour Eiffel, la Loggia del Bigallo o Notre Dame di Parigi. In quella prospettiva, una novelletta di Franco Sacchetti sembra smisurata, in confronto con un romanzo di Vittorugo, e la stessa semplicità del Manzoni sembra quella del Cavalier Marino, in confronto con la semplicità del Firenzuola.

E ci voleva proprio Michelangelo, non quello fiorentino ma quello romano, con la sua mania di grandezza, con quel suo senso, tutto cattolico, del rotondo e dello sproporzionato, a tradir la Toscana col far le cose non a misura dell'uomo, ma a misura di Dio. Sommo artista, e toscano, quando parlava fiorentino, non quando parlava romano. Quando parlava greco, non latino. Quando scolpiva uomini che entrassero dalle porte, non dai portoni. Quando faceva i tetti, non le cupole. Quando dipingeva Cristo con le braccia e le gambe da uomo, non con le cosce da bove. Quando scolpiva il Giorno e la Notte, non quando dipingeva i comizi della Sistina.

Grande sempre quanto ti pare, ma specialmente quando era grande al modo dei toscani, che è un modo discreto e sereno. E a chi mi dice Michelangelo io rispondo Donatello. Che è come rispondere Cino da Pistoia a chi ti dice D'Annunzio, o come opporre un solo verso di Lapo Gianni a tutte le enfatiche descrizioni delle notti fiorentine, di cui è piena fino al soffitto la letteratura italiana e straniera:

le mura di Firenze inargentate.

E a un tratto, in cima alla *Comedia*, in vetta a quel Paradiso che sembra un angolo di Toscana, (con quei cipressi, quei filari di viti, quel variar degli olivi sui poggi, quei Santi che vanno al rio come i fraticelli in Galceti, e quella luce che non si sa di dove piova, tra verde azzurro e argento, percorsa da sottili vene d'oro, quella musica celeste che altra cosa non è se non il canto delle cicale nell'eterna estate del Paradiso), tu avverti la presenza nascosta di qualcuno che ti sta osservando di dietro un pagliaio, una siepe, un cipresso. Non ci badare: è soltanto il fattore, voglio dire il Fattore. Passa senza voltarti, facendo finta di niente. I toscani han l'abitudine di non salutare mai per primi nessuno, nemmeno in Paradiso. E questo, anche Dio lo sa. Vedrai che ti saluterà lui, per primo.

IV

I toscani, all'inferno, ci vanno a orinare.

Ma se in Umbria i Santi, a differenza di quel che avviene ai Santi in Toscana, han la vita difficile, non è tanto per la ragione che i perugini, e gli umbri in generale, son di gran lunga più esigenti, rissosi e bizzarri, ed è tutto dire, degli stessi fiorentini, quanto per la ragione che i miracoli li vogliono a comando, su misura, e col pepe sotto la coda. Poiché i miracoli, in Umbria, non son gratuiti come in Toscana, dove lasciano il tempo che trovano, ma son polemici, hanno sempre di mira qualcuno o qualcosa, e piglian molte volte le mosse dalla politica.

Dirò che come un esercito ha bisogno delle artiglierie per fare la guerra, così gli umbri han bisogno dei Santi, (che son per loro quel che le artiglierie sono per un esercito) per scagliare i miracoli, come palle di cannone, dentro il campo nemico. E il campo nemico, per gli umbri, Dio li perdoni, è il campo della Chiesa. Non perché siano eretici, ma perché, essendo stati per molti secoli sotto il governo della Chiesa, hanno in sospetto le sottane, e quel che c'è sotto:

sotto sottana
campa campana

dice un antico proverbio di Gubbio, che non si sa bene quel che voglia dire, ma qualcosa deve pur voler dire. E così i Santi di Perugia, di Gubbio, di Foligno, di Todi, di Spoleto, di Assisi, son sempre in guerra con la Chiesa, e han tutti l'aria di capitani popolari, non di umili servi di Dio, paion della razza di Braccio da Montone, non di San Luigi Gonzaga, e han più odore di polvere che odore di santità.

Hanno voglia a tenere gli occhi bassi, o, come San Francesco, a parlare agli uccellini: se li guardi bene, hanno tutti l'aspetto di facinorosi. Non fanno un passo senza tirarsi dietro una coda di popolo armato di bastoni, (lo stesso San Francesco s'era messo intorno una guardia di frati, per sospetto del Papa e dei suoi sbirri in calze viola), pronto non solo a difenderli nel caso che vi sia necessità di dar fuoco alla miccia, ma ad accarezzar loro le spalle se non miran diritto. Ed è sempre un bellissimo spettacolo, vedere i miracoli, come palle di cannone, attraversar l'aria fischiando e andare a scoppiare nel bel mezzo del campo nemico.

Non è questo, si badi, un pensiero da turco, perché son tutto tranne turco, ma da toscano, anzi da pratese, perché sono di Prato: e non dimenticherò mai che il Cardinale Giuliano dei Medici, quando le artiglierie spagnole del Cardona sparavano a palle infocate contro le mura di Prato, difese dalle schiene dei pratesi, (dovrei dire i petti, ma dico schiene: perché è più difficile, più pericoloso, e più degno di gloria, difendere la patria con la schiena, che col solito petto), se la godeva un mondo. Qual meraviglia dunque se ogni volta che un Santo umbro spara un miracolo, e vedo nel campo nemico volar per aria le sottane e i piviali, io me la godo un mondo? Ognuno l'indulgenza plenaria, e la remissione dei peccati, se le guadagna a modo suo: io me le guadagno così, alla maniera toscana, per non dire alla pratese.

Fra una palla e l'altra, tuttavia, anche i Santi, in Umbria, non se la passan troppo male. Li vedi girare per i paesi seguiti da una mano di gente, e far la vita dei vagabondi, giocare al ruzzolo sulle strade di campagna con le belle forme di cacio, seder nelle osterie a bere il buon vinello bianco, e cantare, ridere, discutere di semine e di raccolti, di svinature e di politica, raccontar storie salate di preti, di monache, di abati, e come Papa Leone morì di una fistola all'ano, come Papa Clemente si prese il mal francese, come Papa Alessandro aiutò la sua figliola Lucrezia a dargli un nipote, e come i perugini tutti, raspanti e beccherini, fedeli del Gatto e fedeli del Falco, cacciarono da Perugia l'Abate di Cluny, detto il Mommaggiore, e i suoi francesi asserragliati fra le mura di Porta Sole, con la famosa bombarda chiamata « cacciaprete ».

Li vedi andar di borgo in borgo, di osteria in osteria, d'aia in aia, tra le siepi di sambuco fiorite e di biancospino, con la testa piegata sulla spalla, cantando come tanti Jacoponi: e quando incontrano un amico per la strada, lo salutano al modo popolare umbro: « te pijasse uno sbocco de sèngue, come stèi? », o con quell'augurio che in bocca a un Santo fa sempre un bell'effetto, quasi una benedizione: « te pijasse un colpo! ». Ed è il miglior augurio che possan farsi tra loro i perugini, e gli umbri in generale: i quali son tutti un po' matti, pieni d'estri e di tuffi di sangue, e han nomi bellissimi e rari, d'antichi eroi della Grecia e di Roma, che addosso a loro stan certo assai meglio che il nome Epaminonda addosso a Epaminonda.
E se non mi credi, vai a Bevagna e mettiti in piazza. Udrai da porta a porta, da finestra a finestra, da cantonata a cantonata, e dal forno alla fontana, dal lavatoio alla cucina, dalla stalla al frantoio, Temistocle chiamare Cas-

sandra, ed Elettra Agamennone, ed Ecuba Astianatte, e Tiresia Antigone. E un giorno che andai a Bevagna col Dottor Mattoli, medico di Giolitti, e con Ciro Trabalza, che era di Bevagna, e naturalmente si chiamava Ciro, trovammo tutto il paese a rumore perché avevano arrestato Anassagora per un furto di polli. Quando attraversò la piazza ammanettato fra i carabinieri, Anassagora salutava i parenti e gli amici chiamandoli per nome: « O Coriolano! o Aristotele! o Sofocle! », e una donna gli si avvicinò, gli infilò sotto il braccio un fiasco di vino. La donna era la moglie di Anassagora, e si chiamava Clitennestra.
E se ancora non mi credessi, vai a San Mariano, che è a due passi da Perugia, sulla strada per il Trasimeno, picchia alle porte dei contadini, e, se ti aprono, domanda come si chiamano: udrai così i nomi più strani e più fieri del mondo, Strozzacappone, Schioppaculo, Ficamagna, Picciafoco, Umbellicone, Billamolla, Piglianuvole, Piscione, per tacere gli altri. Anche lì, come a Bevagna, e in tutta quella parte dell'Umbria che volge ad occidente, si avverte già nei nomi la vicinanza della Toscana, che in quanto a nomi non scherza. E sarà per quel che ho detto in principio, che i toscani non son peggiori né migliori degli altri, ma diversi, e han ragione perciò di non volersi chiamare come gli altri cristiani. Dico cristiani per modo di dire.
Non soltanto da vivi, ma anche da morti, gli

umbri son ricchi d'estri meravigliosi, e di felici pazzie. Basterebbe per tutti quel Santo Ercolano, difensore di Perugia contro l'assalto di Totila e dei suoi Goti, che volle esser sepolto insieme con un bambino di pochi mesi di età, e proprio non si capisce che cosa intendesse farsene all'altro mondo: forse mangiarselo strada facendo. Con quelle sue carni dorate, il morticino sembra un bel filoncino di pane croccante, appena sfornato. E questo, benché a prima vista appaia atroce e sacrilego, è il pensiero più cristiano e più rispettoso che potesse venirmi in mente: a che altro servizio poteva essergli utile, quel fantolino in fasce? Non ho mai saputo che i Santi, almeno in Umbria, allattassero i bambini.

Se poi si guarda con quale cura i perugini, negli affreschi del Bonfigli che son nella Cappella dei Priori, sotterrano il loro Sant'Ercolano a fianco di quel morticino, vien fatto di pensare che fosse quello un antico modo umbro, disceso dagli etruschi, proprio non solo dei Santi, ma dello stesso «particulare», di farsi sotterrare in compagnia chi di una bella ragazza, chi di una giovane sposa pienotta, dal seno orgoglioso, per dormire il sonno eterno col capo appoggiato a un bel guanciale di carne.
E c'è ancora chi crede che gli umbri siano un popolo mistico! e parla di Umbria mistica! e

ti dipinge gli umbri, che han gli occhi così accesi e bocche così vogliose, quasi pallide larve d'uomini erranti fra gli olivi a collo torto, gli occhi imbambolati, le mani trasparenti vaganti a mezz'aria intorno al viso incorniciato di sole come d'oro le icone! Quando non c'è al mondo un popolo più dell'umbro fatto di carne e d'ossa, attaccato alla terra e alle cose terrene, e che più dell'umbro disprezzi il misticume: se non forse i fiorentini, che, parlando di un mistico, dicono, con parola composita, che è un «mischero».

Oh gran fortuna di noi toscani, aver per vicino di casa un popolo come l'umbro, che ci vuol bene, che ci capisce, che non ha sospetto né invidia della nostra intelligenza, e che ci difende a viso aperto quando parlan male di noi! Se non ci fossero gli umbri al mondo, e specialmente i perugini, noi toscani saremmo un mucchio di disgraziati, di figli di nessuno: ci sentiremmo soli sulla terra, e con la peste addosso. Perché, se fra tutti i popoli italiani che ci odiano e son gelosi di noi, non ci fossero gli umbri a volerci bene, saremmo veramente gli orfani d'Italia.

Ma per qual ragione ci vogliano bene, e ci stimino, e ci difendano dall'odio e dalla maldicenza altrui, nessuno sa. Forse perché noi toscani li salviamo dal sentirsi matti da soli, o forse perché, tenuti com'erano sotto il governo dei preti, se si son potuti mantenere uomini liberi lo debbono al fatto di aver le spalle appoggiate alla Toscana, che dei preti, benché devotissima, non ha mai voluto saperne: non già, intendiamoci, perché i preti, almeno in Toscana, non sian persone per bene, ma perché i preti non sanno che cosa, in realtà, siano gli uomini, e credono che esser cristiano sia cosa diversa dall'esser uomo.

Questo discorso sui preti è sempre stato piuttosto difficile in Italia, specie ora che i preti stan rialzando il capo e pretenderebbero d'insegnarci che i cristiani non sono uomini, e che gli uomini non son cristiani: il che sarà vero nel resto d'Italia, ma in Toscana no, dove più il cristiano è uomo, e più è cristiano. Talché sarà bene, a scanso di equivoci, e per evitare d'esser presi per mangiapreti, dir subito che per preti s'han da intendere i parrucconi, i codini, i collitorti, i biasciconi, i lumaconi, e tutti quelli che fanno il loro interesse con l'aiuto della paura dell'inferno.

Come se in Toscana s'avesse paura dell'inferno! Non perché non si sappia che c'è, ma perché all'inferno ci va soltanto chi ci vuole andare, o chi ci si fa mandare. (I toscani, all'inferno, ci vanno a orinare). Così, quando da noi si dice governo dei preti, s'intende governo dei parrucconi, dei biasciconi, dei bacchettoni, dei lumaconi. E questo vale anche per Perugia, e per tutta l'Umbria. E se qualcuno ti viene a dire che i toscani e gli umbri, fiorentini e perugini in particolare, son nemici dei preti, sol perché non li posson vedere, dice una calunnia: non essendovi paese al mondo, tranne l'Umbria e la Toscana, dove cittadini e preti si guardino in cagnesco con tanta buona grazia, tanti sorrisi, e tanti sbaciucchiamenti in pubblico, proprio come fanno in Perugia la gru e il lupo nello specchio della Fontana Maggiore.

Si vogliono dunque bene, anche se non si posson vedere: e di più se ne vorrebbero, se toscani e umbri, nella loro devozione, non mettessero un certo piglio animoso, se non s'intestassero a credere che uomo e cristiano sono la stessa cosa, e che la vita eterna è senza dubbio una gran bella vita, ma nemmeno la vita terrena è da buttarsi alla spazzatura. E, sopra tutto, se, a differenza degli altri italiani, i quali credono che fede e libertà fanno a pugni, e perciò rinunziano alla libertà per salvarsi l'anima, non pensassero che un uomo non può salvarsi l'anima se non è libero, che schiavitù e Paradiso non vanno d'accordo, e che è meglio un uomo libero all'inferno, che un povero schiavo in Paradiso.

Queste cose, naturalmente, i preti non le intendono come le intendiamo noi: e ci promettono fiamme e duolo eterno. Ma tant'è: noi lasciamo il Paradiso a tutti gli altri italiani, lombardi e piemontesi, siciliani e napoletani, che aspirano al Paradiso nello stesso modo come aspirano alla pensione, e ci accontentiamo di vivere da uomini liberi, cioè da cristiani. In quanto poi all'andare all'inferno, ci andremo soltanto se ci farà comodo. Non è ancora nato chi possa mandare all'inferno un toscano, se non ha voglia di andarci.
E questa è la vera ragione per la quale i toscani amano più i Santi che le Sante: perché quelli, benché Santi, rimangono uomini, e uomini liberi, e queste non son più donne, son Sante. Mi dispiace di dover dire certe cose, quando penso a Santa Chiara o a Santa Fina: specie quando penso a Santa Fina, alla Santa bambina di San Gimignano, poiché non v'è Santa più dolce, più gentile, più innocente di lei, né più cara.

Aveva dieci anni Santa Fina quando si stese sulla rozza tavola, in quella sua stanzetta che pare una spelonca, per farvi penitenza, e di lì non si mosse più, e stette in quel duro letto cinque anni distesa, fino al quindicesimo di sua età, quando morì. E morì proprio nel modo dipinto da Benozzo Gozzoli, dolcemente, come una bambina malata. Quanto diversamente dai Santi fiorentini, pisani, aretini, livornesi, che muoiono a denti stretti, a pugno chiuso, duri e stizziti, con le corde del collo tese, per rabbia, come le funi ai tiratoi dei funai: e ti guardan con quegli occhiacci spiritati, quasi volessero mandarti all'inferno al posto loro.

Se fossi senese, e propriamente di San Gimignano, non so se potrei esser devoto di Santa Fina, di una bambina rimasta distesa su una tavola per quasi tutta la sua vita. La sua penitenza mi commuove, direi anzi che mi rattrista, ma non mi fa più cristiano di quel che son già, non mi sprona a lottare per togliere Cristo dalla croce dove l'hanno inchiodato, cioè a far quello soltanto che un cristiano deve fare, se è veramente un uomo. E quel che dico della sua penitenza vorrei dire anche dei suoi miracoli, che son troppo gentili e garbati e a modo, per piacere a un toscano: poiché son di quei miracoli che le Sante fanno come le galline fan l'ovo. A noi piacciono i miracoli che i Santi fanno a muso duro, senza guardare in faccia a nessuno, entrando nella mischia delle cose reali come per fare a cazzotti col demonio o, come Giacobbe, con l'Angelo.

E se dovessi, in mancanza d'altro, accontentarmi di una Santa, non sceglierei Santa Fina, ma Santa Caterina senese, per quel suo gusto sadico delle lacrime e delle ferite, per quella sua crudeltà tutta moderna, per quel suo morboso istinto che la spingeva a immergere le mani nel sangue dei condannati, a raccoglierne in grembo la testa spiccata dalla mannaia, per quella luce che la trasfigurava quando tornava a casa tutta imbrattata di sangue, nelle narici nelle vesti nei capelli quell'odore di sangue, sulle mani bianche il sangue del suppliziato, il sangue di Cristo aggrumato sulle sue mani bianche. Mi piace in Santa Caterina quella sua atroce, esaltata simpatia per i criminali, gli assassini, i parricidi, quella sua torbida passione per i più efferati delitti. Il sangue dei tristi, il dondolar degli impiccati, l'inginocchiarsi davanti al ceppo dei condannati alla mannaia, il grido e lo scempio degli squartati, la chiamavano come la voce del maschio chiama la femmina in calore.

Veniva con quel suo moto rapido e leggero, trasognato, dondolandosi sui fragili piedi, sui ginocchi malfermi, gli occhi socchiusi, le labbra tremanti in un sorriso voglioso, le mani non giunte sul petto, ma protese, quelle sue mani così piccole, così bianche, così trasparenti. Camminava per le strade anguste, chiuse fra gli alti muri di pietra, verso il patibolo, pallida e sorridente, e il boia volgeva il capo sentendola giungere di lontano prima ancora che gli occhi la vedessero, la chiamava per nome, e Caterina veniva quasi correndo, il seno sollevato dall'affanno della corsa, dal timore e insieme dal desiderio di giungere troppo tardi: come appare in quelle sue terribili lettere piene dello stesso ansioso cinismo di Stavroghin, dell'amorosa esaltazione di Matilde de la Mole. (Santa Caterina che ascolta in ginocchio la confessione di Stavroghin, Santa Caterina che stringe fra le braccia, nella carrozza chiusa, la testa insanguinata di Giuliano Sorel rubata al patibolo, Santa Caterina che bacia Stavroghin sulle labbra livide, che bacia le labbra esangui di Giuliano Sorel). In certe sue lettere v'è la stessa irreale attesa di Kafka, gli stessi squallidi paesaggi kafkiani, la stessa angoscia, la stessa paura, lo stesso amore della paura.

Quel che muoveva Santa Caterina non era la pietà degli innocenti, ma l'amore degli assassini. Il più puro, il più misterioso, il più cristiano amore. Gli innocenti appartengono a Cristo, son già Suoi. Caterina non avrebbe saputo, non sapeva che farsene. Nessuno può salvare un innocente, tranne Cristo. Gli innocenti sono il popolo più inerme e più guerriero del mondo, nessuno li può vincere, tranne Cristo. Il loro sangue non ha sapore, non ha colore, è freddo e trasparente come l'acqua. Il sangue degli innocenti non manda lo stesso odore acre e forte del sangue dei protervi, degli scellerati.

Caterina correva verso il patibolo, dove l'assassino già piegava il ginocchio, già offriva il collo alla mannaia, già volgeva il viso, (udendo il lieve fruscio dei piedi nudi), per guardar venire verso di lui quell'ultima amante, quella sposa ignorata, a quell'ultimo convegno d'amore. Correva scavalcando con piede leggero le vittime sanguinose, senza curarsi del sangue che bagnava il lastrico della strada. Che le importava il pianto degli innocenti, il loro grido d'invocazione, il loro lamento? Correva verso l'assassino, verso il suo sangue, verso il bagliore giallo dell'occhio dell'assassino. Afferrava per i capelli e per il pel della barba la testa del suppliziato, tirandola a sé, perché al lampo e al sibilo della scure la testa le cadesse nel grembo, viva fontana di sangue, e la inondasse del sangue di Cristo. Quella testa ancor viva. Quelle palpebre tremanti sugli occhi ancor vivi. Quella bocca che sputava sangue, e la lingua rossa, gonfia, che negli ultimi spasimi le leccava le mani.

Andatevi dunque a fidar dei senesi, anche quando son Santi. Andate a fidarvi delle Sante di Siena. Della grazia, della dolcezza, della gentilezza dei senesi. E questo dico non per rimprovero a quel popolo, ma per avvertimento a tutti quegli italiani che rifiutano i fiorentini, i pisani, i lucchesi, gli aretini, e fra tutti i toscani risparmiano, quando non possono proprio farne a meno, soltanto quelli di Siena, i soli, a sentir loro, che siano gentili, e dolci, e mansueti, e schiavi. Andate a fidarvi, dico, della gentilezza dei senesi. Che son toscani anche loro, hanno anche loro un nonno etrusco in famiglia, e se son gentili, son gentili per prudenza, non per dolcezza di cuore, pianta che in Toscana, per fortuna, se la mangiano i bachi prima di crescere. Poiché sanno che ad esser toscani al modo dei fiorentini, dei pisani, dei lucchesi, degli aretini, e cioè senza maschera, non c'è nulla da guadagnare in un'Italia come questa, che si fida più della maschera che del viso, e perciò ha in odio i toscani, che son tutto viso dalla testa ai piedi.

Anche i senesi, intendiamoci, son tutto viso, sotto la maschera. Che si direbbe una maschera dipinta da Duccio, il Duccio della Madonna Rucellai, della Madonna di Crevole, e della Maestà. Sotto quella pelle di magnolia, che ha la trasparenza e la lucentezza della porcellana, in fondo a quegli occhi sereni d'acqua chiara, tu avverti quello spirito crudele che è proprio dei toscani, quel crudelissimo spirito che ritrovi non soltanto in Cecco Angiolieri, ma in tutti i senesi: e dove in Cecco è

amaro e pazzo, in tutti gli altri è dolce e accorto, massime nelle donne, che a vederle sembrano gli Angeli di Duccio, di Segna di Bonaventura, di Ugolino di Nerio, di Meo da Siena, del Maestro di Badia a Isola, e come quegli Angeli han tutte qualcosa di corrucciato nel viso, un'ombra severa, quasi irosa, fra il naso e la bocca, e in mezzo agli occhi tristi. E degli Angeli di Duccio hanno il modo di camminare, di volger la testa, di muover le mani, di abbassare, per pudore, lo sguardo. Tanto son pudiche, che sembra passeggino per le vie di Siena con una foglia di fico in mano.
Spirano tanta cortesia, tanta modestia, tanta angelica innocenza, che le soldatesche spagnole si ruppero le corde del collo dal gran ridere, (e anche gli uomini, mi dispiace dirlo, anche gli uomini di tutta Italia, così fieri d'esser maschi, si sbellicarono dalle risa), quando Montluc, ridotto agli estremi, chiamò le donne senesi alla difesa di Siena e di Montalcino, ultimi baluardi della libertà toscana, e italiana. Non so, io uomo, se più arrossire di vergogna o impallidire di commozione, al pensiero che siano state proprio le gentili donne senesi a difendere fino alla morte la libertà della Toscana e dell'Italia, che è una libertà di genere maschile: e con un coraggio, una grazia, di cui lo stesso Montluc, francese, e perciò buon intenditore e amante della grazia femminile, ne rimase incantato e insieme atterrito. Poiché non v'è nessuna donna

al mondo che eguagli una donna senese nell'arte di ammazzare con grazia.

Le donne di Siena non ammazzavano brutalmente, ma con mano lieve e carezzevole. Dato il colpo, si chinavan pietose sul ferito, (mi par di vederle, con quegli occhi, quegli sguardi amorosi, quelle labbra rosee, quegli angelici sorrisi, quei bianchi seni di giglio sporgenti fuor del sommo della corazza, quelle ciocche di capelli biondi sfuggenti di sotto all'elmo di ferro), gli alzavano la visiera, gli tastavano la gola palpitante, e adagio adagio, delicatamente, con la lama affilata, gli tagliavan la grossa vena del collo. Era un piacere, per quei rozzi spagnoli, farsi scannare da mani così gentili.

Il grido di tali ammazzamenti, la gloria di tanta grazia muliebre, correvano Francia e Spagna. E certo non v'erano donne al mondo più di quelle di Siena ardite e cortesi. Le lombarde, le siciliane, le alemanne, le fiamminghe, le ungheresi, le stesse francesi e spagnole, parevano in campo furie scatenate: le maniche rimboccate, le braccia sporche di sangue fino ai gomiti, scarmigliate, sudate, arruffate, ammazzavano con ferocia, con modi sgarbati, con parole villane, urlando e bestemmiando, più simili a soldatacci che a donne. A petto di

quelle amazzoni brutali e spietate, le donne senesi erano Angeliche e Armide, che ammazzavano composte e leggiadre, con quella gentilezza che in Siena è patrimonio comune delle donne e degli uomini, e più, s'intende, delle donne.
Andate poi a fidarvi della gentilezza dei senesi. Che son toscani anche loro e, come tutti i toscani, fan le cose con garbo, con quella civiltà di modi e di affetti che specialmente si richiede nell'ammazzare. Soltanto in Toscana, infatti, l'ammazzare è cosa civile, da farsi con modi urbani e gentili: e mentre presso gli altri popoli italiani un uomo che ammazza un altro uomo è stimato un assassino, in Toscana, specie a Firenze, è stimato un gentile uomo, e a nessuno verrebbe in mente di chiamarlo assassino. Perché in Toscana, quando si ammazza, (il che avviene molto di rado, e quando proprio c'è qualcuno che vuol farsi ammazzare per forza), non si ammazza mai, come altrove, per interesse o per passione o per malvagio istinto, ma per un alto senso di civiltà: cioè per la buona ragione, che un toscano non offende mai quella suprema regola del viver civile, che è il rispetto della vita umana, o per meglio dire, degli uomini vivi.
E così avviene che in un uomo ammazzato, i toscani vedono soltanto un uomo morto: e stimano colui che lo ha ammazzato più rispettabile del morto, appunto perché è vivo.

V

Io son di Prato
vo' esser rispettato
e posa il sasso, sai.
(Antico detto del popolo pratese)

Spingo la porta, è Pasqua. Entro nella macelleria, è Pasqua a San Gimignano. È Pasqua la testa di toro sul davanzale della finestra, il bue squartato appeso ai ganci, l'agnello sgozzato disteso sul banco di marmo. Quest'odore di sangue, di carne rossa è Pasqua. Anche il ciuffo di « viole di Santa Fina », lassù, in vetta a quella torre, è Pasqua.

Dalla finestra della macelleria si vedono le rosse torri lucenti nel mattino, i tetti di corallo antico, gli olivi che s'alzano dai poggi come una lieve nebbia argentea, e i campi, i vigneti, i boschi dorati della Montagnola, laggiù, verso Volterra, e il cielo sulla Val d'Elsa del colore delle foglie dei verzi, (e i cavoli neri negli orti, ricciuti come il nero pelame della fronte del toro). Su quel paesaggio riposa la testa del toro, librata sull'azzurro davanzale di pietra serena, contro la trasparenza verdina del grano, sotto la nuvola bianca. L'occhio morto mi guarda feroce, con un odio quasi umano. Eppure io riconosco quell'occhio.

Mi muovo per la bottega, tocco le coltella, l'affilatoio, i mazzuoli, le accette, la mannaia. Il legno del ceppo, sul quale la mannaia spezza e squarcia le ossa, è tutto bucherellato come

un bugno, un bugno pieno di sangue nero e di sego bianco. Volto la schiena alla finestra, e sento che il toro mi guarda. La testa del toro è Pasqua. La scatola di fiammiferi svedesi dall'etichetta gialla, sul banco di marmo, è Pasqua. La lama di un lungo coltello taglia il banco di traverso. È Pasqua il sangue aggrumato sul marmo, la segatura rossa sparsa per terra.
E a un tratto mi ricordo di quell'occhio, dell'uomo che aveva nella fronte il feroce occhio del toro.
Era Pasqua a Coiano, ed io giocavo con Dario davanti al cancello, con Dario Paoli che faceva il calzolaio nella casa accanto alla nostra, (ed è ancora là, a Coiano, curvo a battere la suola di vacchetta sulla pietra nera posata sulle ginocchia, fra i suoi martelli dalla testa piatta, le lésine, i trincetti, i chiodi, le forme di legno, le ciotole di rovere piene di polvere di micio, bianca e liscia). Sullo stradale che da Prato porta a Vaiano passava una diligenza carica di coscritti che tornavano dalla leva, e avevano tutti infilato nel nastro del cappello un pezzo di carta, con su scritto il numero che avevano tirato a sorte al Distretto. Erano ubbriachi, cantavano, la diligenza andava al passo, e dietro veniva un giovane con un numero nel cappello. Camminava curvo, pallidissimo, le due mani premute sul ventre, e fra le dita gli colavano le budella. Presso lo sportello della diligenza sedeva un suo compagno, proteso verso di lui, un coltello rosso in ma-

no: aveva in mezzo alla fronte l'occhio feroce del toro. A un tratto il ferito cadde col viso nella polvere, una donna mandò un grido, e primo accorse Agenore con la frusta in mano, tirò giù l'assassino, e col manico della frusta gli picchiava nel pelame nero della fronte, sulle piccole corna a spicchio di luna, nel nero occhio feroce.

E anche ora, tutte le volte che torno a Prato, sento che l'occhio del toro mi guarda: non so di dove, è come se fosse dappertutto e in nessun luogo. Mi guarda dal fondo di Via Magnolfi, di Via dell'Oca, di Via dei Tintori, di Via Firenzuola, dalla lunetta del Della Robbia che è sulla porta del Duomo, dal davanzale della casa della Bianca, in San Fabiano. (Aveva il capello nero e lucido, la Bianca di San Fabiano, e il seno prepotente, l'occhio fondo e fermo, la bocca rossa, dalle labbra un po' gonfie).

Eppure non v'è nulla di feroce, né di sanguigno, nell'aria di Prato. Fra tutte le città della Toscana, Prato è chiara: chiara come Pisa. E i pratesi, contro la loro fama, son lisci come i ciottoli del Bisenzio. E fama peggiore non potrebbero avere, almeno a dare ascolto agli empolesi che, insieme con i pistoiesi, sono i nemici naturali di Prato. Ma se Pistoia ed Empoli, per tacer di Firenze, parlan male di Prato, giuro che non è colpa del popolo pratese,

e non vien dal fatto che sia un popolo peggiore degli altri toscani, poiché è umanamente impossibile, anche per un toscano, esser peggiore di un altro toscano, ma dal fatto che è il più toscano dei toscani, se per toscani s'intende tutti quelli che son meno toscani dei pratesi.
Io son di Prato, m'accontento d'esser di Prato, e se non fossi nato pratese vorrei non esser venuto al mondo, tanto compiango coloro che, aprendo gli occhi alla luce, non si vedono intorno le pallide, spregiose, canzonatorie facce pratesi, dagli occhi piccoli e dalla bocca larga, (ma aver la bocca larga, a Prato, non vuol dire, come altrove, esser boccalone), e fuori della finestra, di là dai tetti, la curva affettuosa della Retaia, il ginocchio nudo dello Spazzavento, le tre gobbe verdi del Monte Ferrato, gli olivi di Filettole, di Santa Lucia, delle Sacca, e i cipressi del Poggio del Fossino, sopra Coiano. E questo dico non perché son pratese, e voglia lisciar la bazza ai miei pratesi, ma perché penso che il solo difetto dei toscani sia quello di non esser tutti pratesi.
S'immagini quel che sarebbero stati un Dante, un Petrarca, un Boccaccio, un Donatello, un Arnolfo, un Brunelleschi, un Michelangelo, se invece di nascere qua e là, sparsi tutt'intorno a Prato, fossero nati a Prato: e quel che sarebbero Firenze, Pistoia, Pisa, Lucca, Siena, Arezzo, Livorno, se invece di crescere sparpagliate, come sobborghi, tutt'in giro alle mura

di Prato, fossero state costruite proprio dentro Prato! Sarebbe stato certo un bel guadagno per tutti: perché la storia di Prato sarebbe stata la storia d'Italia, mentre ora la storia d'Italia è la storia di Prato.
Non mi par giusto, perciò, che fiorentini e pistoiesi, non so se per gelosia o per prudenza, fingano di non conoscerci, e a chi domanda loro notizie dei pratesi fan le finte di non saperne nulla, di non averci mai sentiti nominare: « Prato? la mi riesce nova », e intanto si dàn nell'occhio, e cercano di sviare il discorso, parlando di quanto è bella Firenze, e di quanto è grande Pistoia: quando Firenze, per noi pratesi, non è altro che una Prato di fuor di Porta Fiorentina, e Pistoia nemmeno esisterebbe se a Prato non ci fosse la Porta Pistoiese.
Né mi par giusto che gli empolesi parlin male di Prato: perché se non ci fossimo noialtri pratesi a soffiargli nel sedere, non so come farebbero a soffiar nei cannelli per fare i fiaschi.
E mi fan ridere, quanti credono di offendere i pratesi dicendo che sono il popolo più bécero che sia in Toscana, anzi in Italia. Come se bécero fosse una parolaccia, e dar di bécero a uno fosse un'ingiuria. Un bécero è un bécero: cioè un toscano allo stato di grazia. E i pratesi son béceri, quando son béceri, non per il fatto che lavoran gli stracci, e vivon fra gli stracci, in quell'odore secco e polveroso dei cenci, che è l'odore di Prato, (gli stracci, è bene dirlo subito, non sono pratesi: ma pio-

vono a Prato da ogni parte d'Italia, e del mondo), bensì per il fatto che dicono a voce alta in piazza quel che gli altri italiani tacciono o sussurrano fra quattro mura, in famiglia, e che non han paura di parlare come pensano, mentre gli altri italiani pensano come parlano, cioè biascicando i pensieri come biascicano le parole, e che non temono di « bociare » anche quando hanno torto, mentre gli altri italiani temono di vociare anche quando han ragione, e che, finalmente, son béceri ma pratesi, mentre gli altri italiani son béceri senza neppure il beneficio d'esser toscani, e pratesi.

Che l'esser pratese sia un gran beneficio, e più un merito che una fortuna, si vede dall'accanimento dei pratesi nel mantenersi pratesi, quando sarebbe loro così facile farsi passar per fiorentini. (E ce ne sono, per fortuna, che vanno a star di casa a Firenze, e si fan passare per fiorentini: ma son come i fagioli che vengono a galla nel bollore: son bacati, e il bollore li butta fuor di Prato come fuor di una pentola, e fuor di Prato c'è Firenze. Peccato, però, che Firenze stia fuor di Prato: mi fa l'effetto di un cane fuor dell'uscio). Perché i pratesi son sempre vissuti a parte, a modo loro, e non han mai fatto parentela con i popoli vicini, nonostante tutto il bene che, a non dar retta alle chiacchiere, si voglion fra loro, ma pratesi son rimasti, non potendo far altro. Perfino la loro parlata è oggi quella che era

in antico, e quale piaceva a Dante, più fiorentina della stessa parlata fiorentina, e insieme lontanissima da quella dei pistoiesi: non perché Prato, a parte i pettegolezzi, i morsi, e i sorrisi a bocca fredda, non ami Pistoia, ma perché i pistoiesi parlano con la zeta, e dicono zale e zole per sale e sole.
E siccome i pistoiesi sono un popolo cortese, lento, quieto, e han l'aria, senza volerli offendere, un po' addormentata, (contrariamente ai pratesi, che han l'abitudine di svegliarsi prima di addormentarsi, i pistoiesi si addormentano prima di svegliarsi), si direbbe che tengano, anche oggi che non c'è più, dalla parte del Granduca, tanto è vero che parlano con la lisca: che è un modo di parlare di cui i pratesi han più paura che del lumammano. (E non si sa bene perché ne abbian tanta paura, dal momento che il lumammano, a Prato, non è altro che un lume a mano). Gran peccato, che i pistoiesi abbiano la lisca, e parlino con la zeta! Perché, a parte il resto, che qui non conta, si può dire in piena coscienza che i pistoiesi abbian tutto dei toscani, tranne il lato cattivo, che è il meglio dei toscani, massimamente dei pratesi.
I quali son lavoratori, traffichini, inventamestieri, e hanno il cuore più largo della mano: spendono tutto quel che guadagnano, e tanto son brava gente finché rimangono poveri operai, quanto sono avidi e pelosi non appena fanno, con le buone o con le cattive, un

po' di quattrini, e da operai diventan padroni, da tessitori impannatori. (Il che, tuttavia, non è proprio dei pratesi, ma di tutti i popoli del mondo, e non c'è da meravigliarsene). Ho detto che sono inventamestieri: e infatti i mestieri che fanno i pratesi se li sono inventati loro, a cominciar da quello d'esser pratese, perché anche l'esser pratese è un mestiere, e non è tra i più facili: pratese vuol dire uomo libero, e il mestiere dell'uomo libero, come tutti sanno, non è certo tra i più facili, specie in Italia.

Dall'essere un uomo libero ad aver pochissima stima di chi comanda, il passo è corto, e non è perciò da stupire se noi di Prato siamo un popolo, grazie a Dio, senza padroni, nemico d'ogni autorità, spregiatore d'ogni titolo e d'ogni prosopopea, talché a Prato perfino i galli, per prudenza, nascono senza cresta. E dov'è al mondo una città, che non sia Prato, dove chi comanda, chi siede in cattedra o in pulpito, chi sta sulle sue, chi parla gonfiando i bargigli, chi si dà l'aria d'esser mandato da Dio, chi predica a bocca larga e a mele aperte, insomma chi canta senza far l'ovo, sia trattato peggio di un pellaio di Santa Croce sull'Arno, e dove non s'abbia rispetto né per le cose sacre, né per quelle ancor più sacre agli occhi dei pratesi, che son le profane?

Rabbiosi, rissosi, riottosi, i pratesi son tuttavia non soltanto buoni lavoratori, benché non voglian sudare per gli altri, ma anche buoni soldati, benché vadano in guerra a occhi aperti e non intendan morire per nessuna cosa in cui non ci sia, anche per loro, qualche speranza di guadagno. Morire è un conto, e rimetterci è un altro conto. E non mi sembra che abbian torto. Poiché, come stimano una grossa coglioneria il lavorare per gli altri, e perciò ognuno si adopra a lavorar per sé, così stimano il morire in guerra una coglioneria ancora più grossa: se è vero che anche il morire in guerra è un lavorare per gli altri, anzi, peggio, un far guadagnare milioni a chi rimane a casa a sfruttare chi lavora e chi muore. Talché molti, che non sono toscani, e ingrassano di retorica, e predicano che lavorare per gli altri e morire per arricchire gli altri sia il miglior modo di amare l'Italia, si domandano spesso se i pratesi siano anche italiani, oltre che pratesi. E a me pare di sì, almeno fino a tanto che ci son due Italie, una che lavora e che muore, e un'altra che sta a veder lavorare e morire.

Né mi si venga a raccontare che i pratesi non solo fan gli affari, ma li san fare, come se il saper far gli affari fosse un delitto. Non è certo una vita da eroi, perdere il tempo a lavorare e a far gli affari. Ma se in tutta la nostra storia noi di Prato non abbiamo mai vinto una battaglia, (non è poi tanto difficile, è solo questione di denaro: e non l'abbiamo vinta perché non eravamo così ingenui da pagare, come facevano le altre città italiane, qualche

masnada di mercenari stranieri che la perdessero per conto nostro), abbiamo fatto tuttavia per la civiltà e per l'Italia molto più che vincere una battaglia. Tutti son buoni a far gli eroi con la pelle degli altri: ma se non c'eravamo noi pratesi a inventar la cambiale e l'assegno bancario, (e c'è mancato un pelo che non inventassimo anche l'assegno a vuoto), il commercio in Europa sarebbe morto sul nascere, e l'Italia, per non dir Firenze, non sarebbe diventata la prima potenza bancaria del mondo.
La verità è che i pratesi, nei negozi, sono svelti, se pur cauti, arditi, se pur cavillosi, e si preoccupano più dell'ingenuità altrui che del proprio tornaconto: voglio dire che han sempre paura che gli altri, a far affari con loro, ci rimettan le penne. E perciò tanto più stanno con gli occhi aperti, quanto più gli altri dormono. Perché i pratesi hanno buon cuore, specie negli affari, e preferiscono farsi imbrogliare che imbrogliare, e se son sempre pronti a far un cattivo affare, per convincerli a fare un buon affare bisogna tirarli per i capelli: e non vorrebbero, e si schivano, e dicon di no, e si fanno da parte, e si tirano indietro, e si coprono il viso, e mettono le mani avanti, e sputan per terra, e minacciano di arrabbiarsi, di aversene a male, di gridare aiuto, di chiamare il bargello, e non è colpa loro se alla fine, dopo tanto lottare, stanchi e sudati, si arrendono, e a malincuore, controvoglia, si ras-

segnano a far l'affare: che, neanche a farlo apposta, è sempre un buon affare.
E che i pratesi siano galantuomini anche quando fan quattrini, si vede da questo: che riescono sempre a salvarsi l'anima; ed è il miglior affare di cui un buon cristiano possa vantarsi a questo mondo. Tanto che il Papa, il quale fino all'anno scorso, cioè fino a quando Prato (per antica ingiustizia e vergogna) è rimasta sotto il Vescovo di Pistoia, si preoccupava dell'anima dei pratesi, ora che finalmente ha messo un Vescovo anche a Prato si preoccupa dell'anima del Vescovo. E c'è infatti da domandarsi come farà il Vescovo di Prato a salvarsi l'anima, se non si deciderà anche lui a mettersi a far gli affari.
(Ma il Papa ha torto di preoccuparsi: qualche affaruccio il nostro Vescovo lo ha già fatto, e alla pratese).

E qui mi par cosa onesta dire, che se fra i toscani, i quali son tutti degnissimi di rispetto, ce ne sono alcuni più rispettabili degli altri, quelli sono i pratesi, anche se, non conoscendoli, la gente ne parla male, e peggio ne parlerebbe, bontà sua, se li conoscesse: tanto gli uomini son pieni d'invidia e di maldicenza. Perché i pratesi son toscani a modo loro, e non han nulla a che fare con Roma e coi romani, (cui la Toscana non perdonerà mai la brutale schiavitù, le feroci persecuzioni, i crudelissimi eccidii, e la morte della lingua etrusca, soffocata in bocca ai bambini di Volterra, di Fiesole, di Arezzo, di Cortona, di Orvieto, di Tarquinia, di Veio), ma sono scesi in tempi tardi, come dice il Malespini, dal Monte Javello, e da Schignano, da Figline, da tutta la valle del Bisenzio, a vender vino e civaie ai Longobardi della fortezza di Borgo al Cornio, che fu il nòcciolo di Prato.

Da quell'incontro con i Longobardi son nati prima i pratesi, e poi Prato: che nulla debbono, perciò, al solito Mario, al solito Silla, e al solito Cesare, perché son nati quando Roma e i romani erano già morti, e si son fatti una storia per conto proprio, tutta pratese dalle scarpe al cappello, come se il mondo cominciasse da loro, senza dover nulla a nessuno: ed è già, per un popolo di operai e di mercanti, un bell'esempio di buona amministrazione.

Voglio dire che han cominciato senza debiti, se si toglie quel debituccio della pecora, che essi han con gli etruschi. E qui non s'intenda pecora al figurato, poiché in fatto di pecora al figurato non hanno da spartir nulla con nessuno: tanto più che in Italia, in fatto di pecoraggine, chi se la sente di scagliar la prima pietra? Lasciamo dunque il parlar per figure, che non è un parlar toscano, e veniamo a quel debituccio della pecora.

Un certo fondamento etrusco lo hanno senza dubbio anche i pratesi, come tutti i toscani, se dobbiamo giudicarli da quel loro gusto di mangiar non l'agnello, ma la pecora adulta, di due e di tre anni, che sa di forte, di salvatico, per non dir che puzza. Ed è un gusto orientale, portato in Italia dagli etruschi, che venivano dalla Lidia. Bisogna infatti andar fino in Grecia, in Tracia, in Anatolia, alle rive joniche dell'Asia, per ritrovar quella stessa passione golosa per lo stufato di pecora, che s'incontra lungo tutto il corso del Bisenzio, da sopra Vernio, dove nasce, fino a Campi e da ultimo a Signa, dove affoga nell'Arno. Non v'è altro popolo in Italia, oltre il pratese, che mangi la pecora: ed è come dire che non v'è altro popolo in cui sia così vivo lo spirito degli antichi padri etruschi, gran mangiatori di pecorame, e il loro gusto asiatico dei traffichi, dell'andar mercatando, del correre i mari e le terre a vendere e a comprare, e massimamente del far guadagno.

Poiché di tutto i pratesi san far guadagno, a cominciar dagli stracci, che arrivano a Prato da ogni parte del mondo, dall'Asia, dall'Africa, dalle Americhe, dall'Australia, e più sozzi, più pidocchiosi, più cenci sono, e più son materia preziosa per un popolo, che sa far ricchezza dei rifiuti di tutta la terra.

VI

Tutta a Prato va a finire la storia d'Italia e d'Europa: tutta a Prato, in stracci.

Dal fondo della mia camera, nella locanda del Caciotti, La stella d'Italia, in Piazza del Duomo, il mio sguardo è chiuso dal monumento al Mazzoni, triumviro, con Guerrazzi e Montanelli, della Repubblica toscana del 1849, e pratese come me. (Siamo in pochi a esser pratesi come siamo noi due).

Viva Guerrazzi
Mazzoni e Montanelli
tutti fratelli
dell'Università.

Il Mazzoni, chi sa perché, mi volta le spalle: e debbo dire che non lo avevo mai visto di schiena prima d'ora, essendo la prima volta in vita mia che passo la notte nella locanda del Caciotti. (È sempre stato il mio sogno, fin da bambino, quello di passare una notte, almeno una notte, nella Stella d'Italia). M'affaccio alla finestra e, sporgendomi un po' di lato, m'appare la fronte marmorea del Duomo, a strisce bianche e verdi, il pèrgamo di Michelozzo e di Donatello, appeso come un nido all'angolo della facciata, e il bel campanile che servì da modello al campanile di Giotto, ma più di quello è semplice, snello, e schietto: di pietra tagliata, di buona e liscia pietra pratese.

S'apre diritta davanti a me la Via Magnolfi, che i vecchi pratesi chiamano ancora Via Nuova, (e lì si stendevano un tempo orti di cavoli, chiusi giardini di magnolie e di allori), dove siamo nati, Filippino Lippi ed io: con nel fondo lo Spazzavento, acuto e bizzoso. Il mio monte, quand'ero ragazzo a Coiano, a Santa Lucia. E vorrei avere la tomba lassù, in vetta allo Spazzavento, per poter sollevare il capo ogni tanto e sputare nella gora fredda del tramontano.

La schiena del Mazzoni mi para la vista di gran tratto della piazza, la più ariosa e chiara, forse, di tutta la Toscana, che ha nel mezzo la macchia rosea della fontana di marmo, dal bel colore di carne. È notte, e i giovani pratesi, appoggiati alle biciclette e alle «vespe», ridono, scherzano, parlano forte con voci rotonde. Non han nessuna voglia di andarsene a letto. Domani è domenica. Città operaia, Prato, dove i giorni di festa son più tristi, forse perché più attesi e più stanchi, che altrove. La domenica a Prato come una fabbrica chiusa, come una macchina ferma.

Appoggio i gomiti al davanzale, respiro il vento della valle del Bisenzio. Che bel pastrano, quello del Mazzoni! Un bel pastrano di marmo. L'imbottitura di stoppa e di crine gli fa le spalle larghe e quadrate. Un bel pastrano, non c'è che dire, con tutti i bottoni a posto. Quello scultore era proprio un gran sarto. Dalle tasche spuntano fasci di giornali, e se ci fosse più luce, potrei leggere i titoli delle ultime notizie: il discorso di Cavour, i telegrammi da Parigi e da Londra, la protesta del Granduca. Il Mazzoni ha una mano infilata nella tasca, l'altra protesa in un gesto eloquente. Quando piove, l'acqua gocciola dall'indice teso: e a mettersi a una certa distanza, di fianco alla statua, in maniera che della mano si veda soltanto quel dito, par che il Mazzoni stia facendo un po' d'acqua. Che è anche questo un modo tutto pratese di far la storia. L'altro modo è lavorar gli stracci. Poiché tutta a Prato finisce la storia d'Italia e d'Europa: tutta a Prato, in stracci.

Da ragazzo andavo con i figlioli di Mersiade Baldi nei magazzini di stracci dello Sbraci, del Campolmi, del Cavaciocchi, del Calamai, e lì, seduto per terra in mezzo ai cenciaioli, mi divertivo a frugar nei mucchi di cenci, dove avveniva di trovar le cose più impensate e meravigliose del mondo: conchiglie, frammenti di vetro colorato, gocce d'ambra, perline dei fiumi dell'India, e pietre che parevan preziose, di un bel colore verde, o paonazzo, o turchino, o giallo, e quelle pietre indiane che i cenciaioli chiamavano «pietrelune», ed eran pallide, lisce, trasparenti, simili a spicchi di luna. O quelle pietre rosse di cui i cenciaioli dicevano che a strizzarle buttavan sangue, e noi ragazzi a mettercele fra i denti e a morderle, o a strizzarle fra le dita, sperando che buttassero sangue. E talvolta certi strani animaletti secchi, simili alcuni a cavallucci marini, altri a mummie di lucertole e di topi, altri ancora a feti dalla testa schiacciata.

Era un mondo favoloso. Tutta Prato era piena di montagne di stracci, ma pochi, fuorché i cenciaioli, si avventuravano a esplorare quel misterioso continente, e fra quei pochi noi ragazzi, Faliero, Baldo, io, e gli altri che stavan di casa vicino a Mersiade, in Via Arcangeli, fuori Porta Santa Trinita, là sulle gore. Appena passavamo la soglia del magazzino, quell'odore di stracci, un odore secco e polveroso, insieme forte e inebriante, come di frutta in fermento, ci dava alla testa, ci annebbiava gli occhi. Sventrata una balla col coltello, gli stracci uscivano dalla ferita come budella gialle verdi rosse turchine. Si tuffava il braccio dentro quella carne color sangue e color erba e color cielo, si frugava nel ventre obeso, nelle calde viscere della balla, e gli occhi della mano cercavano in quel mondo oscuro il tesoro luminoso, la perla, la conchiglia, la «pietraluna». Poi andavamo a tuffarci a capofitto, come d'estate nei tonfani del Bisenzio, nelle montagne di stracci, lentamente affondando in quell'odore dolce e profondo d'incenso, di muschio, e di garofano, che è l'odore dell'India, di Ceylon, di Sumatra, di Giava, di Zanzibar, l'odore dei mari del Sud.

Una volta trovammo un serpente dalla gran bocca di drago, dalle squame verdi e turchine, simile a una grossa fune di seta, una volta una tartaruga azzurra, dalle zampine dorate, un'altra volta una maschera cinese di porcellana verde, e il giorno che morì la povera Prilia trovammo una mano di donna dalle unghie laccate d'oro, una piccola mano di donna, dolce e leggera come se fosse fatta di legno di rosa. La prima cosa che muore, in un morto, son gli occhi: l'ultima, le unghie. Erano unghie lucide, acute, ancora vive.
Toccò a me ficcarmi quella mano in tasca, e portarla a casa, dove la nascosi sotto il guanciale del gran letto, nel quale dormivamo in cinque, Mersiade, la mia balia Eugenia, Faliero, Baldino, e io. Quella notte non riuscivo a prender sonno, per la febbre che mi dava quella mano sotto il guanciale. La sentivo muoversi, piegar le dita, affondar le unghie nel lenzuolo. Faliero e Baldino, che dormivano da piedi, s'erano raccolti i ginocchi sotto il ventre, per paura di quella mano che, muovendosi, faceva scricchiolare orribilmente il gran materasso di foglie di granturco. Non so come fu che mi avvenne di addormentarmi: sognai che la mano usciva adagio adagio di sotto il guanciale, mi scivolava lungo la spalla, mi accarezzava la gola. Mi svegliai con un grido: «Prilia! Prilia!», balzai a sedere sul letto, madido di sudore freddo, e Mersiade, che mi aveva tirato uno scapaccione per levarmi la

paura, quando vide la mano, che veramente era uscita di sotto il guanciale, diventò pallido come la cera. Ma l'Eugenia, dicendo: « bada lì, tanta paura per la mano di un morto » afferrò la mano per le punte delle dita, e saltò giù dal letto.

Fu quella la prima volta che mi avvenne di pensare che i pratesi han più paura delle mani dei vivi, che di quelle dei morti, e che dei morti si fidano, dei vivi no. La prima volta che mi venne fatto di accorgermi che l'esser morto, a Prato, non è un'imprudenza, come l'esser vivo, ma una cautela, e che mentre l'esser vivo ti espone a ogni sorta di pericoli, t'obbliga a star con gli occhi aperti, se sei morto, a Prato, puoi chiuder gli occhi tranquillo. L'Eugenia saltò giù dal letto e andò alla finestra. L'odore dei pomodori entrava nella stanza caldo, grasso, dolciastro. « Farà seccare i pomodori » disse Mersiade. « Il cervello ti farà seccare » disse l'Eugenia, e buttò la mano nell'orto: dove la trovammo la mattina dopo tutta piena di formiche, che se la trascinavano adagio adagio fra i pomodori, verso la siepe di canne. La lasciammo andar via, né tornò più.

Non tornò più nemmeno quella piccola testa di vecchio, risecchita e sonora come una palla di cartapecora, che un cenciaiolo del Cavaciocchi trovò in un mucchio di stracci che venivan dal Venezuela. Era senza denti e senza capelli, aveva gli occhi secchi, e un po' di barba grigia intorno al mento. I cenciaioli la portarono in Piazza San Francesco, e si misero a giocare al pallone con quella testa che volava leggera per l'aria come la testa di un cherubino nelle pitture veneziane. Ma era la testa di un cherubino vecchio e sdentato, e la gente subito raccoltasi intorno ai giocatori rideva e incitava per scherno i cenciaioli, gridando «forza, Paciatta! forza, Nardini!», ch'erano i nomi dei più forti giocatori di pallone che Prato avesse in quegli anni. Ma uscì sulla soglia del suo studio il notaro Camillo Dami, dalla barba d'argento, col suo figliolo Giovacchino, che morì due anni dopo di mal di petto, e il suo commesso di studio Nello, vennero il vecchio Ciro Cavaciocchi, e i frati di San Francesco, e il Mattonella dei biscotti, e il Brogi barbiere, e volevan levar di mano ai cenciaioli quella povera testa. E i cenciaioli a dir «noe», e gli altri a dir «sie», finché si trovò a passar per la piazza il segretario della Camera del Lavoro, Strobino, che fàttasi dar la testa dai cenciaioli l'andò a buttare in Bisenzio dal ponte del Mercatale, dicendo che tutte così dovevano andare a finire le teste dei signori pratesi.

Ma spesso dalle balle di stracci venivan fuori uniformi di tutti gli eserciti del mondo, e vestiti d'ogni sorta: dalle giubbe rosse dei soldati britannici dell'India ai pantaloni «*garance*»

dei soldati francesi, dalle tuniche di lino trasparenti delle donne di Calcutta e di Bombay, alle mutande, alle camicie, ai busti irti di stecche di balena, e ad ogni specie d'indumenti femminili raccolti dai «*chiffonniers*» di Parigi, di cui i cenciaioli si vestivan per celia, e parevan monatti. E una volta, in un mucchio di stracci che venivan dalla Sicilia, lo Scaracchia di San Fabiano trovò un cencio tricolore, lacero e stinto: ed era la bandiera che le donne italiane di Valparaiso, nel Cile, avevano offerto a Giuseppe Garibaldi, quella stessa che Schiaffino da Camogli stringeva alta nel pugno a Calatafimi, e sparì con lui nella mischia. Era la più gloriosa delle bandiere italiane: e che fosse finita a Prato, in un mucchio di stracci, può far meraviglia a chiunque, fuorché ai pratesi.
I quali sanno che tutta a Prato, e tutta in stracci, va a finire la storia d'Italia: glorie, miserie, rivolte, battaglie, vittorie, sconfitte. Dove son finite le camicie rosse dei garibaldini di Mentana, le uniformi dei soldati di Pio IX, dei volontari di Curtatone e Montanara, dei bersaglieri di Porta Pia? Dove i Carbonari, la Giovane Italia, e Novara, Lissa, Custoza, e Libera Chiesa in libero Stato? Dove son finiti gli indumenti raccolti in ogni città e in ogni villaggio d'Italia per soccorrere gli scampati al terremoto di Messina, all'inondazione del Polesine, al nubifragio di Amalfi e di Salerno? Tutto a Prato finisce: bandiere d'ogni nazio-

ne, uniformi di generali e di soldati d'ogni esercito, e sottane da prete, calze da monsignore, porpore di cardinali, toghe di magistrati, giubbe di carabinieri, di sbirri, di carcerieri, veli da sposa, trine ingiallite, fasce di neonati. Anche il vestito da borghese che il Re Umberto portava a Monza quando Gaetano Bresci, ch'era di Prato, lo ammazzò a pistolettate, è finito a Prato, in una balla di cenci. (E non s'è mai saputo se finì lì per caso, o se fu un pensiero gentile della Regina Margherita, o del Re Vittorio suo figlio, quello di vendere ai pratesi, come straccio, il vestito del Re Umberto bucato da un pratese).

E non soltanto la storia d'Italia, ma quella di tutta Europa finisce a Prato, fin dai tempi più remoti, da quando i pratesi si son messi a far pannilani con i rifiuti di tutto il mondo. A Prato, in un mucchio di cenci, è finita la gloria spagnola in Italia, la grandezza di Carlo V in Europa: e medesimamente lo splendore dei Re di Francia, il furore giacobino, la gloria di Napoleone. Per anni e anni i pratesi han filato, tessuto, cardato gli stracci di Marengo, di Austerlitz, di Waterloo, le bandiere della Grande Armée, le uniformi di Murat, le marsine dorate della Santa Alleanza. E dove credete che siano andate a finire le uniformi grigioverdi dei nostri soldati morti sul Carso e sul Piave? e quelle di tela d'Africa dei soldati caduti ad El Alamein? Su, abbiate il coraggio di dirlo. Dove sono andate a finire? Nel

Pantheon? A Prato son finite, fra i cenci. E dove son finite le bandiere e le uniformi del Corpo di Liberazione? e quelle della Repubblica di Salò? e le uniformi e i fazzoletti rossi dei partigiani? e quelle dei potenti eserciti inglesi e americani che han liberato l'Italia e l'Europa? Nella Galleria degli Uffizi? A Prato son finite, vendute come stracci. E le gramaglie delle madri, delle vedove, degli orfani di tutta la terra? A Prato, in mucchi di cenci polverosi. A Prato, dove tutto viene a finire: la gloria, l'onore, la pietà, la superbia, la vanità del mondo.

E poi c'è ancora chi si meraviglia che i pratesi non credano in nulla di tutto ciò in cui credono gli altri? e c'è chi vorrebbe far colpa ai pratesi di credere più negli stracci che nella gloria? più negli stracci che nelle belle parole, nella libertà, nella giustizia, nelle prepotenze, e nel muso di bischero di chi comanda? c'è chi si meraviglia che i pratesi, quando vedono una bandiera, subito ti sappiano dire di che stoffa è, se di lana, di cotone, di seta, di lino, e te ne sappian dire il prezzo non per quel che vale in onore, in sangue, in sacrificio, ma in straccio? Il che non toglie che anche i pratesi siano buoni italiani, anzi buonissimi: ma assai più lodevoli degli altri, poiché mentre gli altri credono che tutto sia di buona lana, i pratesi sanno che tutto è fatto di cenci. Eppure non son da meno degli altri, quando proprio non possono tirarsi indietro, nel buttare la propria pelle al màcero, benché meglio di chiunque sappiano che anche della loro pelle c'è sempre al mondo chi fa commercio e guadagno.

O mirabile noncuranza dei pratesi, che non si meravigliano né si arrabbiano né si scandalizzano di nulla, e della grandezza umana, della superbia degli uomini, ridono, perché sanno di che son fatte. O semplicità dei pratesi, che sanno d'esser nati dal nulla, ma non fanno come tanti altri, che anche quando vanno a piedi sembra che vadano in carrozza, e quando camminano fan suonare i dindi nelle tasche, per far vedere che son gente per bene, e che i soldi per pagarsi la reputazione ce li hanno. O lealtà dei pratesi, che non si vergognano d'esser nati poveri, (e a dire il vero non si vergognano nemmeno d'esser diventati ricchi), e non si dànno le arie d'esser figli di nobili e di preti, com'è d'uso in certe parti d'Italia, e restano gente del popolo anche quando vanno in carrozza, che per loro è soltanto un modo di andare a piedi stando seduti, e nel mangiare, nel bere, nel vestire, nel prender moglie, rimangono fedeli alla loro origine popolare, e sono esempio di semplicità e di lealtà in un mondo, dove tutti cercano di nascondere quel che sono, e che erano, e si dànno l'aria d'essere il contrario di quel che sembrano.

Perché fra tutti i popoli d'Italia, e lo dirò fin che campo, soltanto i pratesi e i lucchesi non si vergognano d'esser nati quelli dagli stracci, questi dal pozzo nero, che son veri titoli di nobiltà in un mondo come il nostro, dove tutto lì va a finire, in pozzo nero e in stracci. Lo so, in quanto a Lucca è un altro discorso: il pozzo nero è come la professione di galantuomo, che può portare molto in alto, purché se ne sappia uscire a tempo. E che i lucchesi ne siano usciti a tempo, sebbene con molta fatica, lo prova la storia di Lucca, tutta grondante com'è di gloria, voglio dire di quella materia di cui è fatta la gloria.
Ma in quanto a Prato, la storia dei pratesi è una storia di piccola gente, senza tragedie, né drammi, né fattacci da epopea: la storia di un popolo che non ha mai allevato nobili nel suo seno, e perciò non ha mai dovuto piegar la schiena a gente di casa, né svegliarsi a suon di tromba, né buttarsi dal letto a grandi imprese, né correre a piedi, nella polvere, dietro cavalli bardati di ferro e impennacchiati. A Prato, perfino i grandi nomi, quali i Guazzalotri e i Dagomari, eran nomi che salivan dal popolo.
(Ogni giorno, da ragazzo, tornando a casa dal Cicognini, andavo a salutar quel Dagomari che è sepolto in San Francesco: disteso supino sul pavimento, e tutto avvolto nel saio del penitente, il cappuccio calato sugli occhi per poter spiare in faccia i pratesi senza farsene

accorgere, la mano destra nascosta fra le pieghe del saio marmoreo. Era uno della casata di quel Panfollìa dei Dagomari che aveva in sé tutte le pazzie dei pratesi, e fu, nella storia d'Italia, il primo che insegnò agli italiani l'arte di bastonare i signori. Ma non ostante il gran nome, anche il Dagomari sepolto in San Francesco era un pratese del popolo, aveva gli spiriti del popolo. E ogni volta m'inginocchiavo sul pavimento, per tentar di scoprire che cosa stringesse nella mano nascosta fra le pieghe del saio: se un coltello, o una manciata di spiccioli. Il coltello, per farsi pagare dai pratesi morti, che son duri a pagare, i debiti che s'eran dimenticati di pagar da vivi, e gli spiccioli per comprar cenci anche all'inferno, e far mercanzia).

E questo proprio è da tenere a mente, nel giudicare i pratesi: che a Prato quel che conta è il popolo, soltanto il popolo, e che Prato è città operaia, tutta operaia, la sola, in Italia, che sia operaia dal capo ai piedi. Non perché non vi siano borghesi fra i pratesi, ma perché i borghesi grassi, appena fa buio, se ne vanno a Firenze, dove stan di casa, e quelli che non possono fare a meno di star di casa a Prato, chiusa bottega, serrato l'uscio a due mandate, o vanno a letto coi polli, o, se escono, fan di tutto per confondersi con gli operai, nella maniera di vestire, di parlare, di camminare. Di

modo che, dopo le sette di sera, Prato diventa proprietà del popolo, che ci si muove come a casa sua, da padrone, non da inquilino.
I caffè, le trattorie, i cinematografi, le cantonate, le logge del Comune, si affollano di cenciaioli, di tessitori, di cardatori, di meccanici, di tintori, che parlano a voce alta con l'accento di Bernocchino, di Carnaccia, del Pimpero, dello Scaracchia. Perfino il Teatro Metastasio, (che un tempo era il ritrovo dei nobili e dei borghesi grassi, dei soci del Circolo dei Coriofili e di quello dei Misoduli, che vuol dir Nemici della Noia, e gli operai stavan pigiati in loggione, o ritti in piedi in un recinto in fondo alla platea, come usava nei teatri di Parigi al tempo di Molière), oggi ha l'aria di un ritrovo operaio. I cenciaioli e i tessitori stan seduti in poltrona e nei palchi, con quei loro capelli brinati dalla polvere degli stracci, le dita ancor nere dell'unto dei telai: e la *Traviata* o il *Trovatore* paion « comizi cantati ».
Né si pensi che il disprezzo della gloria, della superbia, dei nasi ritti, delle labbra arroganti, dei sopraccigli alzati, dei manti di broccato, e di tutto quel che fa la boria dell'uomo, sia cosa d'oggi, in Prato: è cosa antica. Ogni volta che qualche Papa, o Re, o Imperatore, capitava a passar per Prato, i miei pratesi eran tutti lì, in Piazza del Comune, tra i ferri del Bacchino e le Logge, con quell'aria scanzonata che i fiorentini han preso in prestito a noialtri pratesi, a calcolar fra loro a voce alta

il prezzo del panno di cui vestivan quel gran personaggio, e tutti quei signori a cavallo, e le « frusiane » del seguito, (frusiana, a Prato, vuol dir cortigiana), e i paggi, i servi, i ruffiani, i « *mignons* », i buffoni, i falconieri, i canai, e se fosse lana o damaschina o tela di Fiandra o seta di Lione o lanina, e se insomma vestivano da galantuomini o da campigiani. E avevan l'aria di dir con gli occhi: « a Prato avete da finire », cioè, a Prato han da finire, in cenci, tutte quelle vostre sete e quei vostri broccati.

Come avvenne quando passò per Prato il Re di Francia Carlo VIII, quello delle trombe e delle campane, sceso in Italia per insegnare agli italiani il rispetto per chi comanda: i miei pratesi non si accontentarono di far la stima del panno di cui vestiva quel Re, ma dicendo: « a Prato hai da finire », si voltarono tutti insieme contro il muro per farsi una pisciatina. Al che il povero Carlottavo, come dice un cronista, « *en fut tout esbahi* », ne fu tutto meravigliato, e per non aver l'aria di ammettere che i pratesi gli avevano voltato le spalle per fargli la riverenza col sedere, che è l'antico modo pratese di mostrar rispetto a chi comanda, scese da cavallo e andò anche lui a farsi una pisciatina contro il muro, fingendo di aver capito che « *le peuple de ceste ville pissoit par nécessité et non par politique* ». (E qui mi vien fatto di ricordare quell'antica canzoncina pratese

Carlottavo era stancato
si fermò a pisciare a Prato

antica quanto, o giù di lì, il « *chi vuol esser lieto sia* » di Lorenzo, al quale una sola cosa mancò per esser veramente magnifico: l'esser pratese). Fu quella la prima e l'ultima volta, in tutta la campagna d'Italia, in cui quel povero Re si mostrò prudente e accorto, fingendo di aver capito tutto il contrario di quel che fanno i pratesi: ai quali si deve se la Toscana è il solo paese in Italia dove si piscia per politica, non per necessità.
Poiché non c'è Papa, o Re, o Imperatore, che riesca a far orinare i toscani non quando non ne hanno bisogno, ma quando non ne hanno voglia.

VII

«O non lo sai che i toscani stanno a sedere sui buchi degli altri?».

Dal modo di guardare dei toscani, si direbbe che non sono mai testimoni soltanto: ma giudici. Ti guardano non per guardarti, come fanno gli altri italiani, ma per giudicarti: e quanto pesi, quanto costi, e che vali, e che pensi, e che vuoi. E tale è il loro modo di guardarti, che a un certo punto ti accorgi che vali ben poco, o niente. Da questo, e non da altro, nascono l'inquietudine e il sospetto che in tutti i popoli, italiani e stranieri, suscita la sola vista di un toscano.

Com'è, infatti, che tutti si sentono a disagio, e quasi in colpa, in presenza di un toscano? (Non di fronte a un toscano: ma anche soltanto in sua presenza). Per qual ragione, dirò nuovamente come ho detto in principio, se a una festa da ballo, a un pranzo nuziale, si affaccia all'improvviso un toscano, tutti ammutoliscono, gli strumenti tacciono, il riso muore sulle labbra dei convenuti? Com'è che un toscano, a un funerale, par che ci vada per spregio? e al capezzale di un malato par che ci venga per vederlo morire?

Per la sola ragione, dirò, che ti guarda in quel suo modo: non per guardarti soltanto, ma per giudicarti. Non per veder come sei fatto, perché ai suoi occhi sei sempre fatto male, ma di che sei fatto: se sei fatto di carne, o d'altra materia più vile, benché sia difficile trovar materia più vile della carne, e quel che hai in corpo, e quel che ti credi d'essere, e quel che sei, e quel che saresti se non fossi quello che sei. E gli basta un'occhiata per contarti i peli del naso.

Non per nulla tutti i popoli stranieri, che han preteso d'invadere e di conquistar la Toscana, han sempre finito per accorgersi d'esser presi per il sedere: e sempre, per non passar da grulli, han chiesto scusa e se ne sono andati. O, se ci son rimasti, ci son rimasti da grulli, con quell'aria buffa che gli stranieri, specie i prepotenti, han nelle tele dei pittori fiorentini: i quali li dipingevano non soltanto com'erano, ma come apparivano agli occhi dei toscani, che han la virtù di vedere le cose e le persone non solo come sono, ma come paiono. Rara virtù, in che consiste il maggior pregio dell'arte loro: e non dei pittori soltanto, bensì massimamente degli scrittori, i quali, sotto il cipiglio e la boria e i berrettoni e i giustacuori e gli elmi e le corazze dei guerrieri, dei Papi, degli Imperatori, dei Re, dei Vescovi, dei cortigiani, dei dignitari, san vedere quel che hanno dentro, e san coglierne il ridicolo, e sanno riderne, di quel risolino toscano magro e verde, che i toscani si rigirano fra i denti come un fuscello. Che non è il riso grasso e largo dei lombardi, dei romagnoli, dei roma-

ni, né il riso stretto dei liguri e dei piemontesi, né quello purpureo dei napoletani, ma un riso freddo, tagliente, che t'entra per gli occhi come un trapano in un dente.
L'idea che gli stranieri, a cominciar dal primo, che fu Annibale, scesi a conquistar la Toscana, siano buffi nella loro tronfia superbia, è rimasta viva nel popolo, pur dopo tanti secoli. « Tu se' più buffo di Annibale » dicono i miei pratesi. Forse perché Annibale era fuligginoso, e aveva un occhio solo. E che dai toscani, assiepati sulle mura delle loro città a godersi la sfilata dei mori e degli elefanti, Annibale fosse accolto con grandi risate, è cosa certa, e nessuno verrà a dirmi che fosse sgarberia. Nessuna città toscana gli aprì le porte. E se Annibale volle dormire, gli toccò dormire fuori dell'uscio, se volle assaggiare del nostro vino, gli toccò comprarselo « co' su' chettrini », e se volle una donna gli toccò farsela venire dall'Africa: tanto che, una volta fuori della Toscana, non ci volle più rimetter piede, e preferì rimanersene a gironzolare e a battagliare per vent'anni nelle Puglie e nelle Calabrie, dove, per mantenersi amici quei popoli, gli bastava dar spettacolo in piazza, la domenica, con i suoi elefanti ammaestrati.
Ripassar per la Toscana non era il caso, dopo quella bella accoglienza: rischiava di rimetterci l'occhio sano. L'altro lo aveva perso tra Massa, Montignoso, e Pietrasanta, o come altri vogliono, a Fucecchio, o nell'Osmannoro,

che è la grande piana erbosa e paludosa tra Firenze e Prato: e dicono che ad accecargli l'occhio fu la malaria. Ma da quando in qua la malaria cava gli occhi alla gente? Lo perse perché qualcuno glielo levò. Senza quel brutto incontro, Annibale si sarebbe certo fermato in Toscana, come poi fece in Capua, a godersi l'aria fresca.

Oh la bella insalatina
ell'è fresca e tenerina.

Ma se veder la Toscana gli era costato un occhio della testa, a rivederla ci avrebbe rimesso, come dicono a Prato, l'occhio del sedere, che è un gran bell'occhio.

Mi ricordo di avere assistito da ragazzo, nell'Arena di Prato, che era a due passi dal Collegio Cicognini, a una tragedia in lingua pratese, chiamata *I cartaginesi*. Annibale, tutto vestito di giallo con una benda nera sull'occhio perso, picchiava alla porta di una città, che a guardarla bene somigliava alla Porta Pistoiese, quella da dove i pistoiesi entrano in Prato. (I cartaginesi, in Prato, sono sempre entrati, e sempre entreranno, per Porta Pistoiese).

«Tutti morti, costàe? O che 'un si bee?» vociava Annibale.

«Son passate le nove, va' a letto, bighellone!» rispondeva un pratese mettendo fuori la testa fra due merli delle mura. Quel pratese non era Stenterello, era Bernocchino, il più estroso e glorioso mendicante pratese, che all'Arena di Prato faceva la parte che a Firenze, dove son di bocca buona, faceva Stenterello. Ai pratesi, e a tutti gli altri toscani, Stenterello, che è fiorentino, non garba. È una maschera che piaceva ai fiorentini del Granduca, che piace ancora ai bigotti, ai collitorti, ai grassimagri, ma agli altri toscani, massimamente ai pratesi, non è mai garbata. Stenterello ha il codino: e quando mai i toscani hanno avuto il codino? Stenterello ha la parolina liscia e rotonda, a càccola, dice « mamma mia », dice « gnamo, grullo », dice « la si tiri in làe, la mi faccia il piacere, la s'accomodi, la favorisca, servo suo ». Servo suo? E quando mai i toscani hanno detto « servo suo? ». Stenterello dice « billero ». Billero? I toscani han sempre detto bischero. Stenterello, per farsi il segno della croce, si mette prima le dita in bocca: e quando mai i toscani si son fatti il segno della croce con la saliva? Ma nemmeno con lo sputo, come fanno a Firenze! Stenterello va in ciabatte: e quando mai i toscani sono andati in ciabatte? La ciabatta fa l'uomo ciabattone: e quando mai i toscani sono stati ciabattoni? E poi, la ciabatta è propria dell'uomo che ha le meline: e dove mai s'è visto un toscano con le meline? I toscani hanno le mele, e ci tengono: hanno le mele perfino le belle livornesi del quartiere della Venezia, benché siano le sole donne, in tutta la Toscana, a andare in ciabatte. E di qui nasce forse quel proverbio livornese che dice: « donna in ciabatte, mele basse ».

« O che modi son coresti? » vociava Annibale.
« O che modi gli hanno a essere? son modi pratesi » rispondeva Bernocchino.
« Eh, son capitaho bene » diceva Annibale.
« Tu se' capitaho a Praho, e non potevi cascar meglio, ribatteva Bernocchino, o dove credevi d'esser cascaho? in Italia? ».
« Perché? O Praho la 'unn'è in Italia? ».
« Noe, che Praho la 'unn'è in Italia! » gridava Bernocchino.
« O indo' l'è, vociava Annibale, se la 'unn'è in Italia? ».
« Ell'è in Toscana! » rispondeva Bernocchino: e il pubblico sbottava a ridere, si spellava le mani, strepitava. Perché la storia d'Italia, in quegli anni, la conoscevano tutti, in Toscana, e lo sapevano tutti a memoria che in Italia nessuno ci può vedere, che nessuno ci vuole, e che gli italiani ci trattan da forestieri, perché han paura e soggezione dei toscani, perché n'hanno invidia e sospetto, e perché sarebbero il più felice popolo della terra se i toscani non fossero italiani. (« Bada lì!, diceva Bernocchino, come se fosse difficile essere italiani! A essere italiani tutti son boni: ci son riusciti perfino i piemontesi e i siciliani! Ma provati a esser toscano, e pratese, se ti riesce! »).
E qui, spenti a fatica gli applausi, si accendeva fra i due un dialogo, che pareva levato di peso dalle novelle del Sacchetti, dove i personaggi parlano delle cose di tutti e di ciascuno, delle faccende private e pubbliche, e del Princi-

pe, del Vescovo, del Podestà, del popolo grasso e del magro, come di fatti propri e di persone di famiglia: e mai nessuno piange o farnètica, né si lamenta o implora o brontola, ma tutti discorrono con quella secchezza che è propria dei toscani, la quale consiste nel parlar degli altri come se non si parlasse di nessuno, e di tutto come se non si parlasse di nulla. Che è il contrario del modo di parlare degli altri italiani, che parlan di nulla come se parlassero di tutto.

E mi rammento che a un certo punto Bernocchino domandava a Annibale: « Da' retta, Annibale: o icché ti piglia di venire in Toscana, se non sai nemmeno su quanti buchi sta a sedere un toscano? ».

« Su uno » rispondeva Annibale.

« Su uno? O non lo sai che i toscani stanno a sedere sui buchi degli altri? ».

« È meglio che me ne vada » diceva Annibale. Anzi, « che me ne vadia » diceva alla pratese. E se ne andava tutto vestito di giallo, con la sua benda nera sull'occhio, tra i fischi del popolo.

E qui mi vien da seguitare il discorso, che ho cominciato un po' più in là, sul modo di guardar dei toscani.

Se attraversi l'Italia dalla testa ai piedi, voglio dire dalle Alpi alla Sicilia, o per tutto il costato, cioè dal Tirreno all'Adriatico, ti accorge-

rai che, a differenza di come avviene nei paesi stranieri, dove nessuno alza gli occhi a guardarti in faccia, e dove la gente sembra non vederti nemmeno, in Italia tutti ti guardano.
Milioni d'occhi ti seguono dalle soglie delle case, dalle finestre, dal fondo delle botteghe. Ti pare che un intero popolo ti guardi, ti segua con gli occhi: ma non, a differenza dei toscani, per giudicarti: semplicemente per guardarti. Non c'è gretta curiosità, negli occhi degli italiani: c'è qualcosa di doloroso, di profondo, di triste, qualcosa che è anche negli occhi degli animali. Specie delle donne e dei bambini: la cui sola difesa è nello sguardo. E ti guardano anche quando credi che nessuno ti veda: di dietro le persiane, le porte socchiuse, dal fondo dei vicoli deserti. In Italia, anche i ciechi ti guardano.
Dal loro sbarco in Sicilia e a Salerno, nel 1943, gli inglesi e gli americani che risalivano lentamente l'Italia su per la Calabria, la Lucania, le Puglie, la Campania, gli Abruzzi, il Lazio, su su fino a Roma, si sentivano guardati da milioni d'occhi: giovani, vecchi, donne, bambini, e cani, gatti, cavalli, asini, pecore, buoi, tutti gli italiani li guardavano, uomini ed animali. E non per veder com'erano, e di che colore: ma per una ragione più importante, più profonda. Per veder se erano uomini anch'essi, per saggiare con gli occhi la loro qualità umana. Era la prima volta che qualcuno li guardava in faccia. Ed era un piacere

nuovo per loro, che venivano dal Texas, dal Canadà, dalla Scozia, dall'Australia, dal Sud Africa, dalla Nuova Zelanda, quel sentirsi tanti occhi addosso. Non solo erano fieri di quegli sguardi: erano stupiti d'esser guardati. Venivano da paesi dove nessuno guarda un altro, dove nessuno si sente degno d'esser guardato.
Poi, attraversata Roma fra due siepi di popolo festoso, che li applaudiva fissandoli in faccia, varcato il Tevere, passato Montalto di Castro, Bolsena, Orvieto, scavalcato Radicofani, gli alleati entrarono in Toscana: e qui le cose cambiarono. Dentro gli occhi della gente c'era qualcosa che non c'era negli occhi degli altri italiani: un'ironia, un disprezzo, una crudeltà beffarda, che li mettevano in sospetto, li umiliavano, li facevano arrossire. I toscani non si accontentavano di guardarli: li giudicavano. Dicevano: «poerini!». Non è, come si potrebbe credere, che dicendo «poerini!» li volessero pigliare per il sedere, o avessero compassione di loro. I toscani non hanno compassione di nessuno. In quel «poerini!» c'era tutta la pietà cristiana di cui siano capaci i toscani: una pietà da guardarsene, più micidiale delle pistole corte. Non c'è peggiore offesa, in bocca a un toscano, della parola «poerini!». Vai a dir «poerino!» a un campigiano, se vuoi buscarti una «curtellata».
E quando, attraversato il mar di grano della Maremma, passato Livorno, Siena, Arezzo, dilagarono nella valle dell'Arno, verso Pisa,

verso Firenze, e Prato e Pistoia e Lucca, quel viaggio polveroso (s'era di luglio, e le cicale segavano i rami degli alberi) tra gente vinta che li guardava con fredda ironia, dicendo: « poerini! », insinuò a poco a poco nell'animo di quegli stranieri, di quei soldati vittoriosi, un'inquietudine, un sospetto, un dubbio, che li volsero a non sentirsi più tanto sicuri di sé.
Avevano creduto, fino a quel giorno, d'essere forti, ricchi, giusti, onesti, d'essere dalla parte della ragione, s'erano fino a quel giorno sentiti vincitori, ed ecco che ora cominciavano a dubitare non soltanto della propria forza, della propria ricchezza, della propria superiorità di vincitori su quegli italiani vinti, dispersi, umiliati, pieni di fame sino agli orecchi, ma perfino a dubitare d'essere i vincitori. Sotto quegli sguardi freddi, ironici, crudeli, beffardi, tra quella gente che li guardava dicendo: « o icché vogliono, poerini? o chi si credon d'essere? guardali bellini! », si voltarono a sentirsi più deboli, più poveri, più risciacquati perfino di coloro stessi che li stavano a guardare con tanta pietosa crudeltà, che li seguivan con gli occhi mentre passavano nello strepito dei motori. I più intelligenti, pochi ma c'erano, si sentiron ridicoli.
Era la prima volta che capitavano in mezzo a italiani liberi. Avevano creduto fino a quel momento che la sola forma di libertà, in Italia, fossero gli applausi: e scoprivano ora che la

libertà, in Toscana, (a parte il fatto che molti arrabbiati, uomini e donne, in gran parte giovanissimi, sparavan loro addosso dai tetti e dalle finestre: e che facessero male è pacifico, ma lo facevano, il che è altrettanto pacifico), era qualcosa di sprezzante, di crudele, qualcosa di orgoglioso senza boria, di rispetto senza pudore, quasi direi di civile impudicizia. I toscani si permettevano di rider di loro, di pigliarli in giro, di chiamarli «buchi», di trattarli come gente da nulla, di dir loro «poerini!»: qual meraviglia dunque se gli alleati, in Toscana, (per la prima volta da quando erano sbarcati in Italia), si sentirono in casa d'altri?

Si sentivano intrusi, ospiti non graditi, quasi parenti poveri: come avviene a chi entra in casa altrui senza chieder permesso. Talché venivan conquistando la Toscana fra i complimenti, voglio dire fra «quei» complimenti, e le schioppettate dai tetti, con l'aria di chiedere scusa, non sapendo, in tanta confusione, se i complimenti fossero nemici, e le schioppettate amiche. Andate poi a meravigliarvi che quei «poerini», quei «buchi», non sapessero come contenersi, se da padroni o da invitati, se da vincitori schioppettati o da vinti inridicolati, o, per dirla alla spagnola con De Quevedo, se da alguazil indemoniati o da demoni inalguazilati.

Non già, si badi, che non avvenissero anche in Toscana, come nel resto d'Italia, quei patteggiamenti fra vincitori e vinti, quelle strizzatine d'occhio, quei sorrisetti all'angolo della bocca, quei modi di alzar la coscia per dire: «se stai bono, tutto s'accomoda», in che gli italiani son maestri, più assai dei toscani. Ma c'era in quei patteggiamenti fra toscani e alleati, in quelle strizzatine d'occhio, in quei sorrisetti, in quelle alzatine di coscia, un sottinteso che voleva dire: «se stai al gioco, bene, se no ti rivogo due nocchini in capo». E quelli, s'intende, stavano al gioco. Il che avveniva non perché i toscani, nei momenti di gran confusione, com'eran quelli, siano eroi più degli altri italiani: avveniva perché i toscani sono meno eroi degli altri. Voglio dire che non son tenori: parlano, non cantano. Non si risciacquan la bocca con le belle frasi all'italiana. E i fatti loro non se li fanno in poesia: se li fanno in prosa.

E schietta prosa, e antica, eran quei modi, quelle paroline: «la venga via! gnamo, grullo! la 'un faccia sguerguenze! l'abbassi il pocchio! la si sbottoni! la si tiri giù il bavero! la 'un s'arricci la bazza!», e altre tali piacevolezze, con le quali i toscani accoglievano i soldati inglesi e americani, che son poi le stesse con le quali usan da secoli trattar gli intrusi e i prepotenti. Poiché non v'è nulla che tanto dia fastidio ai toscani quanto le parole retoriche e il vizio di far gli eroi con la lingua.

Il Capponi, a Carlottavo, non disse: « suonate pure le vostre trombe, e noi suoneremo le nostre campane », come vorrebbe chi non conosce i toscani, o conosce quelli alla D'Azeglio: disse semplicemente, con l'accento di Borgo Tegolaio: « o buco, lèvati di mezzo, se non vuoi che ti trombi con le campane a morto », che son parole giuste, e dignitose. E il Ferrucci, a Gavinana, non disse al Maramaldo: « vile, tu uccidi un uomo morto », che son parole tronfie, da guitto, non da toscano: disse semplicemente: « tu dài a un morto », che son parole piane, e toscanissime.

E che fece e che disse quell'Jacopo de' Pazzi, « principale della famiglia »? È Agnolo Poliziano che lo racconta: « come vide fallir la speranza di ammazzare Lorenzo de' Medici, con ambo le mani schiaffeggiavasi la faccia », (che è un bel tratto da fiorentino), e continuò a schiaffeggiarsi finché fu preso e impiccato; e « già presso a morte gridò che dava il suo corpo al diavolo », quando un altro che non fosse toscano, e fiorentino, avrebbe gridato misericordia, e biascicato preghiere. (E il Poliziano che racconta questi bellissimi fatti, e toscanissimi, meravigliandosene malamente, ha torto, poiché Jacopo mostrò d'esser uomo, anzi, più che uomo, d'esser toscano, e poiché dare il proprio corpo al diavolo era virtù, in un momento come quello, e in una città come Firenze, dove molti fra i maggiori cittadini, e Lorenzo e Giuliano e lo stesso Poliziano, usavano dare al diavolo quel buchino dal quale spesso, anche a Firenze, esce il fiato dell'anima).

E che fece, sempre per restar nella famiglia de' Pazzi (che fu una famiglia toscanissima, e quasi quasi mi dispiace di non esser uno dei loro), che fece e che disse quel Francesco, nato di Antonio fratello di Jacopo, di cui il solito Poliziano narra che anch'egli, « come tutti i Pazzi, era indicibilmente facile all'ira: aveva piccola statura, corpo gracile, carnagione terrea, chioma biondissima, della quale diceasi tenesse soverchia cura »? (Quanta gelosia di femmina, Messer Agnolo, in quel « soverchia »!). Quella chioma biondissima mi par che andasse d'accordo con quell'altro tratto del suo carattere, e cioè « che era uomo sanguinario », e lo provò in Santa Reparata quella mattina, quando andò addosso a Giuliano, già quasi morto dal Bandini e in terra svenuto, e lo trafisse con iterati colpi di pugnale. Anche Francesco fu ferito in quel tumulto, e, andatosene a casa, ne fu tratto nudo e mezzo vivo al capestro. E non faceva che sputare, (il Poliziano non lo dice, ma lo sanno tutti che non faceva che sputare: e da quella bocca gli sputacchi eran meglio delle parole), dando spettacolo della sua « incredibile superbia ». (E che rimprovero è questo? quando mai la superbia, e sia pure la superbia dei fiorentini, è stata un peccato in un paese come l'Italia, dove chi non è superbo è pecora? come se l'esser superbo fosse un difetto in una città, che s'avviava a raccattar per terra con la lingua le briciole cadute dalla tavola dei Medici).

Sputava, appeso all'inferriata del Palazzo dei Signori, e sputò finché non fu morto. E lì lo raggiunse quell'altro Francesco, quel Francesco Salviati Arcivescovo di Pisa, degnissimo di lui e della sua superbia rabbiosa, che «sopra il suo cadavere fu appiccato». E, racconta il Poliziano, «fosse caso, fosse impeto di rabbia, s'attaccò coi denti al cadavere di Francesco de' Pazzi, ed una sua mammella mordacemente strignea, con gli occhi aperti a modo di spiritato, pur nell'atto in cui fu strozzato dal laccio». (E poi andate a fidarvi degli Arcivescovi, specie se son di Pisa!).

Non so se sia per la rabbia che hanno in corpo, la quale li spinge a preferire lo sputare al parlare, e a usare i denti in luogo della lingua, o per altra ragione: ma il fatto è, che i toscani, in specie i fiorentini, fan tutte le cose loro in prosa, con grandissima semplicità, senza parole inutili, e più le cose grandi e atroci che non le piccole e gentili. Come ben si vide in quella congiura de' Pazzi, che dette a ognuno, sia della parte de' Medici, sia di quella de' Pazzi, l'occasione di mostrare in qual misero conto i toscani tengano la retorica, e le belle parole, e i gesti barocchi. Si pensi a quel che avvenne a quell'Jacopo de' Pazzi, poi che fu morto.

Racconta il Poliziano che in quei giorni «sopraggiunsero lunghe, continue e rovinose

piogge », recando gravissimo danno « alle biade tuttora lattiginose ». Di quelle piogge fu dai contadini dei dintorni di Firenze incolpato Jacopo de' Pazzi, per essere stato sepolto, lui uomo sì scellerato, in terra consacrata. Per la qual cosa una gran folla di gente si reca al luogo dove era sepolto Jacopo, lo dissotterrano, e vanno a seppellirlo fuori le mura.
Ma il giorno dopo, « cosa che veramente parve mostruosa, una gran moltitudine di fanciulli, quasi dalle arcane vampe delle Furie infiammati », (oh! eccolo saltar fuori quando meno te lo aspetti, il Poliziano delle rime latine, con tutto il suo corteo di Muse, di Ninfe, di Apolli, di Orfei, eccolo saltar fuori il piccolo istitutore di casa Medici! che se fosse fiorentino, e non un toscanuccio di Montepulciano, farebbe arrossire anche il porcellino del Tacca), « dissotterrano di nuovo il cadavere: e un tale che voleva impedirli, poco mancò che a sassate non l'ammazzassero. Per il laccio col quale era stato strangolato traendo il cadavere, con molti improperi e ludibri per tutte le strade della città lo trascinano. Alcuni per beffa lo precedevano, ammonendo i cittadini a scansarsi, a lasciar passare un così insigne cavaliere. Altri con bastoni e pungiglioni battendo il cadavere, lo incitavano a far presto, a non far troppo aspettare in piazza i fiorentini, che tanto desideravano vederlo. Tràttolo poi alle case de' Pazzi, gli facevano batter la porta col capo, chiamando ad al-

ta voce: – Ohè, quelli di dentro! venite a ricevere il padrone che torna a casa! – Finché scesero all'Arno, e nel fiume gettarono quel cadaveraccio». E con questa parola cadaveraccio si chiude la scena, che mai parola mi parve più toscana, e più garbata.

Quel morto, benché avesse ragioni da vendere, non si poteva difendere, né si difese, e se avesse potuto non si sarebbe certo difeso con le belle sentenze, come usa in Italia, dove la retorica, spesso, tien luogo dei fatti. Poiché non v'è toscano, e non v'è mai stato, che in qualche gran pericolo, o in qualche trionfo, o in punto di morte, si metta a cantare, o a far la ruota, o a recitar la parte dell'eroe: di solito, quel che gli esce di bocca in quei momenti è una risata, o una parolaccia, e non sai se voglia prendere in giro se stesso o beffarsi degli altri, far ridere di sé o di altrui. Certo è, che tien più dalla parte di Aristofane che di Pindaro. E se gli avviene di dover morire in quel modo che è detto «da eroe», non impugna spade dall'elsa dorata, ma quel che gli capita sottomano. Come fece Lorenzo de' Medici, quando si trovò a difendersi in Santa Reparata contro i Pazzi e i loro sicari con una specie di stiletto, che era poi un tagliacarte.

«Intanto i sicari, narra il Poliziano, che fu testimone e attore di quel fattaccio, si fanno addosso anche a Lorenzo, e per primo Antonio da Volterra gli pone la mano sulla spalla sinistra, volendo colpirlo nella strozza. Ma Lorenzo si scioglie imperterrito il mantello », (il Poliziano dice « imperterrito », credendo di fargli onore: ma imperterrito si dice d'uomo che riman freddo e superbo nel pericolo, né muove ciglio o costa; che è il contrario di quel che fece, con furia popolana, Lorenzo, da quel nipote di popolani che era, essendo i suoi maggiori nati dal nulla, gente rifatta, ed egli stesso di pelle fine ma di sangue grosso; e non si sciolse, come dice il Poliziano, il mantello, bensì, come altri afferma, si levò la giacca), « se l'avvolge intorno al braccio sinistro, e sguaina in un punto lo stocco ». (Il Poliziano, credendo di fare onore a Lorenzo, dice « stocco », per non dir quel tagliacarte che in quel frangente egli ebbe la presenza di spirito di mettere in mano a Lorenzo, che usava, da buon cristiano, andare in chiesa senz'armi).

« È tuttavia percosso da un colpo, poiché, mentre si discioglie, riceve una ferita nel collo, ma pronto e animoso com'è, impugnato lo stocco, contro i sicari si volge, e guatandosi intorno da tutti loro si difende ». (E dàgli con quello stocco! Tagliacarte fu, ancora odoroso della carta umida d'inchiostro, odoroso ancora, direi, del greco di Platone e di Plutarco, e del latino di Orazio, e del toscano delle « stanze » del Poliziano). E lo avrebbero morto, se i suoi *mignons*, Antonio Ridolfi, nobile giovinetto, figlio di Jacopo, e Andrea e Lorenzo Cavalcanti, « dei quali si valea come pedissequi », e sopra gli altri Sigismondo della

Stufa, «giovane egregio, il quale con Lorenzo fin da fanciullo era stretto per amore ed affezione meravigliosa», non lo avessero difeso. In quel tumulto, in quel gravissimo pericolo, non uscì di bocca a Lorenzo parola alcuna o sentenza, di quelle che piacciono agli scrittori aulici e ai poeti cortigiani. «Urlava e imprecava» racconta Agnolo Poliziano. Ed è tutto. Ma se invece di urlare e d'imprecare, se invece di parolacce e di bestemmie gli fossero uscite di bocca alcune di quelle paroline a càccola, che tanto piacciono alla gente timorata, sta' pur sicuro che il Poliziano ce le avrebbe ridette, magari in greco o in latino. E a me non dispiace pensare che «li mandasse tutti a pigliarlo in tasca»: e infatti i sicari de' Pazzi «atterriti si volsero in fuga», come narra Messer Agnolo, ed è un modo pulito di dire che andaron di corsa a pigliarselo nel bocciòlo.
Questo del mandar la gente, nostrana e forestiera, a pigliarlo in tasca, è un modo toscanissimo d'intendere la storia, che ritrovi in tutti i toscani, tanto in quelli che stanno in alto, quanto in coloro che stanno in basso, cioè così nei grassi come nei magri. Talché la storia delle città toscane, di Firenze in specie, è tutto un mandarsi l'un l'altro a pigliarselo nel bocciòlo, e non v'è toscano o forestiero, grande o piccolo che fosse, il quale, al momento buono, non ci sia andato. C'è andato anche Dante: e non è vero che ci andasse per

conto suo, per affari di famiglia. Vero è che ce lo mandarono.

Quel che gridando e imprecando disse Lorenzo ai sicari de' Pazzi di dietro la porta chiusa della sacrestia di Santa Reparata, è quel che ogni toscano dice nei momenti in cui quelle parole van dette: ed io vorrei che nelle epigrafi dei monumenti, nelle lapidi murate nelle facciate dei palazzi e delle case, e fin nell'architrave del Palazzo della Signoria, sotto la dedica a Cristo, Re di Firenze, fossero scolpite le parole: «va' a pigliarlo in tasca». E le vorrei stampate in fronte alle cronache di Dino Compagni e del Villani, alle storie del Machiavelli, del Guicciardini, del Giambullari, poiché tutta la storia di Firenze e della Toscana è in quel «va' a pigliarlo in tasca»: voglio dire la storia della libertà toscana, massimamente fiorentina, dal «cosa fatta capo ha» del Compagni, che vuol dire che prima o poi, a pigliarlo in tasca, ci van tutti, al famosissimo «andate a pigliarvelo nel bocciòlo, voi e la libertà», di Lorenzino de' Medici.

Dopo avere ammazzato il Duca Alessandro, che non soltanto era un tiranno, ma un omone alto due metri, Lorenzino fu rimproverato dai principali cittadini «liberali» di Firenze, e nemici della tirannia di Alessandro, di non essersi buttato sulle spalle il cadavere del tiranno e di non essere sceso in piazza chiamando i fiorentini a libertà. A quel rimprovero, Lorenzino rispose che prima di tutto non ce l'avrebbe fatta, piccolo e gracile com'era, e che se fosse uscito di notte, con quel corpaccio morto sulle spalle « a mo' di facchino », gridando con la sua vocetta stridula: « fiorentini! viva la libertà! », nessuno si sarebbe svegliato, nessuno sarebbe sceso in piazza, e quei pochi che avessero per curiosità lasciato il letto, si sarebbero messi a ridere dietro le persiane. « Andate tutti a pigliarvelo nel bocciòlo, voi e la libertà! », ha l'aria di concludere quel Bruto minore, quell'eroe della libertà toscana: e non so chi gli potrebbe dar torto. Così narra egli stesso nella sua *Apologia*, che è prosa degna non del suo secolo, già bolso e barocco, ma del magro Trecento, e dei greci, che furon magrissimi, di Senofonte in specie.

E proprio per questa ragione il ricordo lasciato dagli alleati in Toscana è quello di un potentissimo esercito vittorioso, che pareva andasse dove lo avevan mandato, e cioè a pigliarselo in tasca, e camminava con le mele in dentro, voltandosi indietro ogni tanto per paura che qualcuno, da un momento all'altro, gli pizzicasse il sedere. Quasi lo stesso ricordo lasciato da Carlottavo, Re di Francia.

VIII

L'Arno è un fiume che ride, il solo fiume, in Italia, che ride in faccia alla gente.

Quella mattina d'agosto del 1944, quando gli inglesi, passato finalmente l'Arno, entrarono per il Ponte Vecchio in Piazza della Signoria, mi pareva di assistere all'entrata di Carlottavo in Firenze, com'è dipinta in quella tela degli Uffizi: dove i fiorentini, assiepati lungo i muri proprio di fronte al palazzo della Prefettura, che in quel tempo era il palazzo de' Medici, stanno a mirar l'ingresso di Re Carlo in Firenze per la via Cavour.

Carlo è in sella a un giannetto francese di gambe lunghe e magre, e porta sulle spalle un gran mantello rosso, sulla testa biondiccia, di traverso sui riccioli di stoppa, una corona d'oro in bilico sulla fronte, in mano un aureo scettro, e volta il cavallo verso il portone della Prefettura, seguito da un codazzo di signori francesi vestiti di seta, di damasco, di velluto di Lione arabescato di gigli d'oro. Ne ho veduti di visi da grullo, ma come quello mai. Era non soltanto quel che si dice un viso da grullo, ma quel che in Toscana meglio si dice, e lasciatemelo dire, un muso di bischero: con un nasino tutto delicato e gentile, una boccuccia da donnicciòla, e un che di «mammamìa» nei modi, nei gesti, in quell'atteggiar delle braccine, della manina che tien lo scettro d'oro, in quelle sue spallucce ammantate di rosso, avvolte nella porpora di Cesare, anzi di Cesarino, in quelle sue gambette storte dove l'osso del ginocchio sembra un osso d'agnello, e in quei suoi occhi biondi di pelo, colmi fino all'orlo di sussiego, di boria e di una gran paura di cascar da cavallo.

Era, insomma, un muso di bischero, di quelli disegnati col gesso sulle pareti di latta degli orinatoi pubblici, che sono il vero giornale murale degli italiani e la testimonianza più vera che la libertà di stampa, in Italia, è della stessa famiglia della libertà di orinare. Un muso di bischero come ce ne son tanti da noi, e non si capisce per qual ragione abbian da venire di fuorivia, come se in casa nostra ne avessimo penuria. (E tutto il sugo della storia d'Italia sta qui: che le nostre disgrazie vengono dal fatto, che i musi di bischero non son soltanto di casa, ma anche di fuorivia, e che quelli di fuorivia fan concorrenza a quelli di casa). Ad aggiungere bischeraggine a quel nasino, a quella boccuccia, a quegli occhietti, a quella sua pelle di latte, a quel suo viso fatto in casa, era il confronto, che i fiorentini facevano, col naso a ciabatta di quei popolani ch'erano i Medici, con la bocca larga da boccalone e gli occhi spiritati, sporti in fuori, di Lorenzo e dei suoi, con quelle bazze di legno fatte a méstolo, con quelle zazzere così nere che parevan turchine, e con quel piglio di tutto il viso, tra il fiero e il protervo, e tra lo scanzonato e il maligno, che poteva anche non essere, siamo giusti, un piglio da galantuomini, ma certo era da uomini.

A guardar Carlottavo com'è dipinto negli Uffizi, mi torna in mente, per contrasto, quel Giuliano de' Medici descritto da Agnolo Poliziano: «Fu d'alta statura, di corpo quadrato, ebbe petto largo e prominente, nerborute braccia, valide giunture, ventre compresso, ampie cosce, polpacci alquanto maggiori del dovere, occhi vivaci, vista acuta, carnagione bruna, copiosa zazzera, neri e lunghi capelli rigettati indietro dalla fronte sulla nuca. Valente nel cavalcare e nel saettare, eccellente nel salto e negli altri corporali esercizi, meravigliosamente della caccia dilettavasi. Di grande animo era e di somma costanza, cultore della religione e dei buoni costumi, (senti! senti!), vago particolarmente della pittura, della musica e d'ogni genere di leggiadria. Aveva ingegno non disacconcio alla poesia. Scrisse alcune rime toscane, di meravigliosa gravità, e piene di sentenze. Leggeva volentieri versi d'amore: facondo era e prudente, non però pronto. Grande amatore della cortesia, era egli pure non scortese. Forte odiava i bugiardi e coloro che non dimenticavano le ingiurie. Mediocre cura avea del corpo, era però elegante e pulitissimo». (O che forse si lavava con l'acqua asciutta?).

Peccato che i sicari de' Pazzi lo avessero ammazzato in Santa Reparata: se non fosse morto, mi sarebbe piaciuto vederlo farsi incontro a Carlottavo sulla soglia del palazzo della Prefettura, e godermi il confronto fra quel pezzo di fiorentino e quel pezzetto di francese. « O che ha fatto buon viaggio, per caso? » gli domanda Giuliano. « Oui, merci » gli risponde Carlottavo. « La strada da Parigi a Firenze l'è lunga! » gli dice Giuliano. « Oui, merci » gli risponde Carlottavo. « E ha fatto tutta questa strada per venire a Firenze a pigliarselo nel bocciòlo? » gli dice Giuliano. « Oh, oui, merci! » gli risponde Carlottavo socchiudendo in un sorriso rotondo quella sua boccuccia a mammamìa. E mi sarebbe piaciuto, in quel momento, veder la faccia dei fiorentini che nella tela degli Uffizi stanno a godersi la scena dai marciapiedi di Via Cavour, o ritti in piedi sulle banchine di pietra che correvano allora lungo i muri dei palazzi, o se ne van per i fatti propri, voltandosi a guardare Carlottavo, a dargli, come si dice, una sbirciatina, e par che dicano fra loro: « o chi gli è quel coso? o icché vòle? o icché viene a fare a Firenze? o chi ce l'ha mandato? o perché 'un se ne va a pigliarselo in tasca un po' più in làe? ». Che è un modo tutto toscano, e direi meglio fiorentino, di accogliere i musi di bischero venuti di fuori a far concorrenza a quelli di dentro.

(In fondo alla Via Cavour, sui tetti rossi delle case, si vede la collina di Fiesole chiara di olivi, una costa del Monte Morello cui sovrasta una nuvola bianca, pregna d'acqua dolce che ha il sapore dell'acqua dell'Arno, dell'Affrico, del Mugnone: e in primo piano su quella chiara prospettiva toscana di case, di olivi, di vigne, di cipressi, di azzurra pietra serena e di cielo verde, si allarga e si scioglie nell'aria la faccia di Carlottavo, che ha una pelle grassa e molle come la pelle di una gallina. Un riso chiaro scorre fra gli spettatori, quel riso che sempre scorre fra i toscani come un fiume, come il fiume che ha nome Arno: ed è un fiume che ride, il solo fiume, in Italia, che ride in faccia alla gente).

Quella mattina d'agosto del 1944, quando passarono l'Arno, dal Ponte Vecchio entrando in Por Santa Maria, e da Piazza della Signoria imboccarono la Via de' Calzaioli, ecco un omìno con un suo carretto a mano camminare in testa alla colonna corazzata inglese. A ogni incrocio, ritti in mezzo alla Via de' Calzaioli, i vigili urbani, col giglio rosso di metallo sul bavero della giubba e i guanti di filo bianco, regolavano il traffico: e per traffico s'ha da intendere l'entrata degli eserciti alleati in Firenze. (S'era d'estate, faceva caldo, e quei vigili fiorentini, impeccabili nella sobria uniforme, suscitavano l'ammirata me-

raviglia degli inglesi, che s'aspettavano gente arruffata e cenciosa in una città pallida e smunta per il lungo assedio). In testa alla colonna, proprio dietro il carretto di quell'omìno, in un infernale strepito di ferraglia, procedeva un carro armato.
Dalla torretta aperta un carrista gridava all'omìno « *get away! go away!* », facendogli grandi gesti con le braccia spalancate. E quello, spingendo il suo carretto colmo di fiaschi di vino, si voltava indietro vociando: « la si calmi! la si calmi! la venga dietro a me col su' tréspolo, se l'ha furia! ».
« *Go away! go away!* » gridava il carrista.
« O che modi son coresti? ho furia anch'io! » vociava l'omìno: e volgendosi ai passanti che se ne andavano per i fatti loro, senza degnar di un'occhiata quell'esercito straniero che ingombrava la Via de' Calzaioli, o che assistevano ironici, con quei loro occhi stretti, a quella sfilata di ferraglia polverosa, vociava: « o che prepotenze son queste? Non s'è mai finito di vederne di nuove! 'E vanno via quelli, e arrivano quest'altri! O sora guardia, la 'un n'ha nulla da dire, lei? La 'un sente come 'e bòciano? Bocia, bocia! t'hai voglia a bociare, io non mi sposto, io vo per la mi' strada! E se t'hai furia, passa da un'altra parte! Dico bene, o buchi? ».
Così gridando, e spingendo il suo carretto in testa alla colonna corazzata, l'omìno continuò per la sua strada senza scansarsi, finché,

giunto in fondo alla Via de' Calzaioli, sboccò in Piazza del Duomo, si fermò accanto al chiosco del giornalaio che è all'angolo della Misericordia, e voltandosi verso la colonna che sfilava in un orrendo strepito di catene, gridò: « o che vi credete, d'essere a casa vostra? C'è tanto posto nel mondo per andare a far la guerra, proprio qui vu' avete a venire? O buchi! ».

Una guardia comunale gli si avvicinò per fargli la contravvenzione. L'omìno alzò il viso al campanile di Giotto, alla cupola del Brunelleschi, al suo bel San Giovanni, e chiamandoli a testimoni: « 'e ricominciano con le contravvenzioni!, gridò, siamo liberi! ».

Passava in quel momento accanto alla Loggia del Bigallo un soldato americano di quelli grassi, dal gran sedere strozzato dentro i calzoni stretti, che camminava dondolandosi sui fianchi. La guardia gli diede un'occhiata, poi si voltò all'omìno e gli disse: « E t'hai ragione di chiamarli buchi! Se quello fa una correggia in un sacco di farina, c'è nebbia per sei mesi, a Firenze ».

IX

Se ne vanno all'altro mondo, nell'al di là, come se andassero di là, in un'altra stanza.

Chi entra in Toscana si accorge subito di entrare in un paese dove ognuno è contadino. Ed esser contadino da noi non vuol dire soltanto saper vangare, zappare, arare, seminare, potare, mietere, vendemmiare: vuol dire sopra tutto saper mescolare le zolle alle nuvole, far tutt'una cosa del cielo e della terra. In nessun luogo, dirò, il cielo è così vicino alla terra come in Toscana: e lo ritrovi nelle foglie, nell'erba, nell'occhio dei bovi e dei bambini, nella fronte liscia delle ragazze. Uno specchio il cielo toscano, così vicino che lo appanni col fiato: monti e poggi le nuvole, e tra quelli le ombrose valli, i prati verdi, i campi dai solchi diritti, (e quando è terso vedi nel fondo, come in un'acqua limpida, le case, i pagliai, le strade, le gore, le chiese). Ad ogni colpo di zappa l'aria si mescola alla terra, e subito dalle zolle spunta una peluria d'erba verde e azzurra, nascono larve di cicale e allodole improvvise.
Basta toccarla, per sentir che la nostra terra è piena di bollicine d'aria, e in certi giorni si gonfia e lievita, par che da un momento all'altro debbano nascerne forme di pane. È una materia leggera e pura, da poterne far statue e uomini. Di queste zolle fu certo impa-

stato il primo uomo, quell'Adamo che innanzi il peccato era un miscuglio d'aria e di terra, e non diventò di carne se non dopo il suo strano errore.
Una terra, la nostra, non grassa e pesante come quella della Valle Padana e della Romagna, che unge le mani e il filo della vanga, e nei giorni di pioggia diventa tiepida melma color rame, dove il bove affonda fino al ginocchio, e a primavera ribolle, mandando quell'odore caldo d'erba e di latte che ritrovi nel vino, nel pane, nell'olio. E neppure è la terra magra e avara della Liguria, che il mare asciuga col fiato salato, e dove i pesci potrebbero vivere, guizzare, crescere come biade, da poterli mietere alla buona stagione. (E tutto, in Liguria, le vigne, gli olivi, le pietre hanno scaglie, lische e pinne, e san di pesce secco). E neppure è la terra dura e compatta del Lazio, dove l'aratro rivela armi, scheletri d'ossa e di marmo, come se il proprio della terra latina non fosse soltanto di produrre biade e cavalli, ma di generare frammenti di statue, di colonne, vestigia di città e di necropoli. La sola che assomiglia a quella toscana è la terra umbra. Ma i contadini sparsi nei campi, curvi sui solchi, alzano ogni tanto il viso dall'aratro e guardano in alto, stanno a mirare la nuvola sul monte, gli uccelli nei golfi dell'aria. Sperano sempre che la grazia di Dio piova loro dal cielo, e non, come in Toscana, che nasca dalla terra.

Di varia natura è questa nostra terra. V'è quella lucchese, intrisa d'acqua e di concio, tutta piena di vermicini d'abbondanza, bianchi e rosei. E i toscani veri non la pregiano, poiché la terra troppo buona rapidamente corrompe gli uomini, li fa ingrassare nell'avarizia e nella superbia. Poi c'è la Maremma. Dove l'aratro rivela cocci d'anfore etrusche, e medaglie, monili d'oro e di bronzo, specchi d'argento. E in certi luoghi puzza di ferro, altrove di zolfo, mista com'è a metalli e a fuoco. Poi v'è la terra senese, che è proprio di quel colore che i pittori chiaman « terra di Siena », e la ritrovi nei capelli delle donne, nelle nuvole, nelle chiome degli alberi, nello stesso cielo, in quel cielo terroso dove ondeggiano le crete d'Asciano: per quella virtù che hanno i Senesi di mescolare le cose celesti alle cose terrene, e di rifare il cielo con la stessa materia di cui è fatta la terra. Lungo l'Arbia, l'Elsa e l'Orcia, strani vecchi siedono a riposare ai piedi degli olivi, discorrendo di semine, di raccolti, di miracoli, e hanno gli occhi bianchi e fissi. Sembrano corpi vuoti, vane forme, argentee pelli di biacco.
Poi v'è la terra fiorentina, pisana, aretina. Quella di poggio, grigia e azzurra, del colore medesimo che ha la pietra serena, la quale non è altro che terra indurita, cotta dal sole. Di questa « terra serena » son fatte non soltanto le chiese, le soglie, le statue, ma gli alberi, le viti, le piume degli uccelli, le mani delle

bambine. Di egual colore son le nuvole, e il loro riflesso dona ai visi una luce così pura, che genera in chi li guarda uno strano distacco dalle cose e dagli uomini, una strana speranza. E c'è la terra di valle e di pianura, dove l'azzurro si mescola al verde, e pare non già una terra intrisa soltanto d'aria, ma d'erba: una terra di natura vegetale. Gli stessi contadini son fatti di legno verde, e hanno capelli d'erba, visi di tenera corteccia di salice, occhi come tenere gemme. I corpi sembrano vuoti di sangue, le membra legnose, dove non sia traccia né di carne né d'ossa. E invecchiando i corpi si fanno asciutti e leggeri, gli uomini paiono alberi antichi, lisci e argentei, le dita come tralci di vite, nodose e magre. Non hanno fiducia che nella loro terra, in quel che seminano, in quel che raccolgono. E se esplorano il cielo, lo fanno senza inutili ribellioni e senza avarizia, con ironica coscienza della loro soggezione alle leggi della natura.

Sempre in loro quest'antica fiducia nella terra si accompagna al senso della pochezza umana. E per quanto sian particolarmente palesi nei toscani un certo orgoglio, una certa intima persuasione della propria superiorità sulle stesse forze naturali alle quali soggiacciono, e contro le quali stanno in perpetua lotta, un certo, direi, disprezzo per tutto ciò che sfugge al dominio della loro cauta e parsimoniosa ragione, è chiara tuttavia in loro quella modestia che nasce dal senso delle propor-

zioni, dei rapporti, delle parentele. Il mondo in cui i toscani vivono è un mondo umano, il più umano fra tutti quelli nei quali vivono i varii popoli. Un mondo dove ogni soggetto, ogni persona, ogni elemento, ogni forza, ogni animale o pianta ha il suo posto, non assegnato dalle sole leggi della natura, ma dalle leggi dell'uomo, da quelle, specialmente, cui presiede la particolare ragione dei toscani, una ragione senza fantasia. Tutto è governato, in quel mondo, non soltanto da leggi fisiche, ma da norme morali: dalle regole di un'architettura che è la stessa per le cupole, gli archi, le case, le forme e i colori dei monti e degli alberi, i pensieri, le azioni, e i sentimenti degli uomini.
Di qui nasce la filosofia dei toscani, voglio dire la storia dei loro rapporti con la natura. Un'ironica prudenza governa questi loro rapporti: e la natura stessa si mostra prudente nei loro confronti, guardandosi bene dall'infrangere le proprie leggi, come fa altrove, per gusto di novità o per capriccio di mostri. Poiché basterebbe un nulla a togliere ai toscani la fiducia in Dio, la quale è stretta parente del loro amore dell'ordine e della giustizia. Quegli immani flagelli con i quali Dio punisce la superbia e, talvolta, la saggezza degli uomini, pestilenze, carestie, diluvii, non avrebbero altro effetto, in Toscana, se non quello di rendere i toscani ancor più superbi e sicuri di loro stessi. Li indurrebbero a non aver fiducia che in

se medesimi, e a sottomettere la natura al severo dominio delle loro leggi morali, a una tirannia da cui neppure il gioco delle stagioni si salverebbe. La morte stessa si vedrebbe costretta, per timor di peggio, a rispettare le leggi morali di questo popolo, che è il solo a non credere alla morte.

Non credere alla morte non in quanto legge universale, ma in quanto norma particolare di ciascuno, in quanto avventura, fatto personale, è il proprio dei toscani. Il pensiero della morte non li rallegra né li rattrista. Se ne vanno all'altro mondo, nell'al di là, come se andassero di là, in un'altra stanza. E quando se ne vanno, sempre hanno cura di chiudersi la porta dietro le spalle. Il solo toscano che sia andato all'al di là senza chiudersi l'uscio dietro la schiena è Dante. (E fu uno scandalo, che dura tuttora). Era vivo, e pensava a lasciar la porta aperta per quando sarebbe tornato. Ma che bisogno hanno i toscani di lasciar l'uscio socchiuso? Sono il solo popolo al mondo che non pensa a tornarsene indietro.

Sanno benissimo che il morire, per loro, non è che un cambiar podere. Se ne vanno a mezzadria in un altro podere: ecco tutto. Il Fattore è sempre lo stesso, sempre quello. Così se ne vanno in inferno con la zappa sulla spalla: sanno di trovare anche in inferno un po' di terra da coltivare.

X

E c'è chi dice che, al pari di tutte le cose toscane, quel vento nasce di sotterra, o, come credevan gli etruschi, dall'inferno.

Ogni paese ha il suo vento, ogni terra si riconosce al modo come respira: e il fiato che schiarisce le foglie degli olivi, gonfia le chiome dei pini, liscia le pietre dei muri e l'intonaco delle case, arruffa i capelli sulla fronte delle ragazze, e pulisce il cielo nei torbidi giorni di marzo, è l'àlito stesso di quella terra, il suo profondo respiro.

Anche la Toscana ha il suo modo di respirare, assai diverso da quello della Liguria, dell'Emilia, della Romagna, dell'Umbria, del Lazio, che le fanno siepe intorno. Ma dire diverso è poco: si dovrebbe dire contrario. Ed è lo stesso modo col quale respirano i suoi abitanti, le sue pietre, le sue piante, i suoi fiumi, il suo mare. Quattro sono, anche in Toscana, i venti cardinali, e sono il grecale, il libeccio, lo scirocco, e il tramontano. Ma non son questi i venti che fanno il carattere della Toscana, che le dànno quel colore, quel respiro, quel tono della pelle e della terra, degli occhi e delle foglie.

Dal Lazio il grecale porta un odore forte di cavallo e di pecora: e tu respiri nell'aria tiepida il fumo dei grandi fuochi accesi sulla bocca delle tombe etrusche lungo le ripe selvagge di Montalto di Castro, di Tarquinia, di Tuscania. Senti il frazio delle forme di cacio pecorino messe ad asciugare al sole su un letto d'erbe aromatiche, delle caldaie colme di ricotta bollente, delle pelli di pecora imbullettate alle porte delle capanne, del fango che crèpita e si screpola nel solleone, e alle prime pioggie d'autunno tornerà padule. Senti l'afrore del cinghiale nella macchia, del sangue dei maiali sgozzati sulle aie, delle nere bufale che aprono la via alle acque di scolo, nei canali di bonifica, rompendo col duro petto le selve di canne e di giunchi. Tu senti che un crasso e giallo odore di tufo si mescola nell'aria sottile all'odore fresco e azzurrino della pietra serena.

Poiché si forma nell'aria, ai confini del Ducato di Castro, là dove la Maremma diventa Campagna, l'antica alleanza fra il tufo dei sarcofaghi, il travertino delle colonne, il cotto degli acquedotti, e i covoni dei pagliai maremmani, la pietra serena, l'alberese, il marmo verde delle chiese e delle case toscane. Buon vento, il grecale: ma non è di casa.

Dal mare soffia il libeccio, che è un vento improvviso, violento, pazzo e ladro. Vien dal Marocco, vien dalla Spagna, è un vento scappato di galera, e si rifà come può della lunga prigionia. Piomba come un ariete sulle onde sparse, le cozza, le raduna, le spinge, simili a un gregge di pecore ammattite, contro i lidi bianchi, le scogliere purpuree, i moli neri di carbone. Cala come un falco sulle vele, e le lacera: lembi di vela volano via nel turbine, come colombe. Il suo sibilo lungo e rabbioso, tagliente come un falcetto, recide l'erba dei pascoli marini, dove ruzzano branchi di cavalli dalla criniera di spuma, che il sibilo improvviso sparpaglia di galoppo sul mare verde striato di lunghi nitriti bianchi. L'orizzonte si spezza, dalle prigioni d'Algeria e di Spagna evadono a frotte i prigionieri seminudi, urlanti di gioia. Dai fianchi dei velieri infranti dalla bufera, caccian fuori la testa ciurme ubriache, la lingua screpolata e gonfia dallo scorbuto. Torme di cani in furore latrano su per i monti e in fondo alle valli che fan le onde infuriate. E via tutti all'assalto di Livorno e di Viareggio: i cenci stesi ad asciugare alle finestre, le vele ammainate dei barconi in darsena, schioccano come bandiere, nembi di polvere s'alzano dalle strade, una caligine argentea si solleva dalle rive e dalle scogliere, invade le città, i sobborghi, si spande per le campagne. L'odore amaro del salmastro, il cigolìo delle sartie e dei bompressi, entrano nelle prigioni, negli ospedali, nei conventi. Gli uomini e gli animali, i prigionieri sul pagliericcio, i malati sul giaciglio, i frati nelle celle, i matti nei manicomi, i vecchietti negli ospizi, i contadini nei campi e i boscaioli sui monti, hanno la bocca piena di mare. Il libeccio! il libeccio! I ragazzi a frotte escon di scuola con la cartella sotto il braccio, dappertutto è una festa, un gridare, un correre. Tutta la riva è bianca di spuma. Bel vento il libeccio: ma non è di casa.

Lo scirocco soffia dall'Elba, soffia dall'Isola del Giglio, soffia dall'Inferno marino, un vento molle e sudato, un soffio pigro e bighellone, che girella per le strade lasciando dietro di sé un lezzo di tabacco e di vino, di pesce marcio e di catrame. «Fete di formaggio» dicono in Sicilia dello scirocco. Un vento panciuto, grinzoso, tutto ciccia e pelle, dalle immense mani pelose che ti tappan la bocca, ti accarezzano le guance, ti scivolano lungo le braccia, lungo il filo della schiena: e ti rimane sul corpo un molle solco sudaticcio. Nell'aria, per ragnatele invisibili, vagano di sghembo enormi ragni. Lucertole morte giacciono sul dorso lungo i muri, mostrando il ventre gonfio e bianco. I rami, appesi nelle cucine, si coprono d'una verde muffa. Il cielo è grigio e pesante. Nuvole sporche, dagli orli ingialliti, urtano nei muri. Il mare è torbido, le onde gettano sulla spiaggia vecchie scarpe sfondate, e pesci morti. Brutto vento, lo scirocco: ma non è di casa.

Dall'Emilia e dalla Romagna scende a raffiche diacce il tramontano: ed è chiamato l'arrotino, perché affila i cipressi e ne fa coltelli. Porta con sé, come un fiume in piena, un odore di ginestre e di castagni, di stalla tiepida, di boschi di querce, di fumo di sterpi nei camini di pietra chiara. L'aria pulita vibra e risuona come una lastra di vetro. Il cielo terso s'incurva e si allontana, i monti si stagliano netti nell'azzurro pallido e liscio, gli alberi si fanno fragili e magri, le strade paion più bianche, l'acqua dei fiumi luccica e crepita contro le rive, il sereno entra nelle case, colma d'azzurro le bottiglie, i bicchieri, le scodelle. Bel vento il tramontano: ma non è di casa.

Poi c'è un venticello minore, che non si sa che sia, non si sa che nome dargli, e alcuni lo chiamano il briachino, altri il pazzerello, ma i più lo chiamano il passerotto: e saltella davvero come un passerotto, via per i campi e le siepi, ad accarezzare il viso alle massaie, a lustrare il pelo dei buoi e dei cavalli, a ripulire i vetri delle finestre, le mezzine di rame sul muricciolo del pozzo, e fa dei chicchi d'uva tanti occhietti lustri e vispi che ti sbirciano tra i pampani. Il venticello che fa bene agli ulivi, e non sai di dove venga. C'è chi dice che viene dall'Umbria, chi di più lontano, dalle Marche o giù di lì. Ma io direi che viene dalle parti di Perugia, perché è pulito, chiaro e civile, un vento che fa dimagrire, e ti rende semplice e ordinato: e solo quando fa il pazzerello mi par che venga da quelle parti dell'Umbria dove stanno di casa i matti di Gubbio. È il vento che piace ai senesi, e lo vedi dipinto nelle tele di quei pittori, lo senti soffiare nella parlata di San Bernardino, l'odi scorrere come un'acqua viva lungo le facciate di marmo delle chiese e i muri dei conventi. Piace ai senesi, come agli aretini e ai viareggini il libeccio, ai maremmani il grecale. E come lo scirocco piace ai ladri, agli spergiuri, ai marinai briachi, e ai toscani barlacci.

Poi c'è il vento di casa, toscano dalla testa ai piedi, il vento che non ha nome, ed è quello che soffia l'*acca* e il *ti* dalla bocca, e muta certi *ti* nel *theta* greco, e il *ci* in *gi* sulle labbra dei toscani della Versilia, e l'*esse* in *zeta* sulle labbra dei pistoiesi, e spegne i moccoli in bocca ai fiorentini. Proprio un vento che ci siamo fatto da noi, con le nostre mani, a nostra misura, un vento fatto in casa come il pane dei contadini, e lo ritrovi nelle chiome degli alberi di Giotto, nelle fronti e negli occhi dei giovani di Masaccio, nei paesi di Pier della Francesca, di Leonardo, del Lippi, nelle rime del Cavalcanti e del Guinizelli, nella prosa di Dino Compagni e del Machiavelli, negli stessi sospiri del Petrarca, se pur rotti dal mistral provenzale. È il vento del Pulci, del Berni, del Cellini, e lo ritrovi in Dante, nel Boccaccio, nel Sacchetti, nel Làchera, in Bernocchino, che dove tocca lascia il segno, e taglia i panni addosso senza che te ne accorga. Se si arriccia si fa ribobolo, ma si arriccia di rado, e più per dispetto che per compiacenza. Di solito è liscio, senza fronzoli né frangie, e se si gonfia lo fa per accarezzare la cupola del Brunelleschi, non mai per adattarsi alla bocca rotonda dei Granduchi, dei cruscanti, e di chi fa il becero o il prezioso per parer toscano. Respirarlo a modo non è facile, bisogna esser nati toscani: se no, ti va in tosse, t'annoda le budella, o, quel ch'è peggio, ti gonfia le gote, che da noi è un gran brutto vedere. Ha un fondo amarognolo, come il vero olio nostrale, come il vero Chianti, come i pesci d'Arno, come l'arguzia, l'ironia, il riso, la stessa bonaria urbanità dei veri toscani: i quali sono arguti ironici sorridenti, garbati di modi e di parole, ma, nel fondo, quanto amaro! Quale triste e severo sentimento del tempo, quale astuto, cattivo, deserto senso dell'umana miseria, della pochezza imbecille e dell'infelicità degli uomini, in quegli animi in apparenza così lieti e così noncuranti!

Il buon senso dei toscani, quale comoda scusa! E che piacevole vista, questo popolo svelto, magro, furbo, ridanciano, per chi non lo conosce, o finge, per pigrizia o per prudenza di non conoscerlo! Dice il Doni, vedendo i fiorentini seduti verso sera sulle gradinate del Duomo a godersi il fresco: « conciossiaché sempre vi tira un vento freschissimo e una suavissima aura, e per sé i candidi marmi tengono il fresco ordinariamente». Eppure, prova a fidartene, di quella suavissima aura. Se soffia rasente terra, ci cammini come sopra un filo, ma guai a mettere il piede in fallo. Se soffia alto sui tetti lo fa apposta perché tu alzi il capo, ma guai se inciampi: subito il cielo, le nuvole, i tetti, i muri, le torri, i campanili, la Toscana tutta e tutti i toscani ti si buttano addosso, ti schiacciano, ti pestano: e, non contenti d'averti ammazzato, ti pigliano anche per grullo. Con un simile vento non ti consiglio di scherzare: poiché non si sa di dov'esca. E c'è chi dice che, al pari di tutte le cose toscane, nasce di sotterra, o, come credevan gli etruschi, dall'inferno.

XI

« To mae! ».
(Grido di guerra dei pratesi e dei fiorentini)

O che cosa ci stanno a fare i gigli nello stemma di Prato, di questa « ingigliata figlia di Fiorenza », come la chiama il Machiavelli? (E Gabriele d'Annunzio riecheggia pronto: « *Ave, ingigliata figlia di Fiorenza* »). Figlia di Firenze, Prato? figlioli dei fiorentini, i pratesi? « *To mae!* » dicono a Prato, per dir « tua madre! » ai fiorentini: ma il guaio è che anche i fiorentini dicon « *to mae!* » ai pratesi, talché non si sa bene se siano i pratesi figlioli dei fiorentini, o i fiorentini figlioli dei pratesi.
Quello che siamo sarebbe troppo lungo a dire: ma chi non sa che i pratesi sono tutti innamorati dei fiorentini? Darebbero la pelle pur di saperne imitare, nel modo di portare il cappello, di farsi il nodo della cravatta, di camminare, di parlare, di ridere, quel non so che di estroso, quel piglio ardito e scanzonato, quella impareggiabile prontezza nell'impastare il riso e la parola (tanto che non sai se parlano o ridono di te, e t'accorgi d'essere già morto quando ancora non sei nemmeno ferito), quell'eleganza, insomma, e quella magra e allegra pazzia, che fanno dei fiorentini il più bizzarro, il più garbato, e il più temibile popolo d'Italia. Innamorati fino a ripeterne i

gesti, il tono e gli accenti, con un furore geloso di cui, da ragazzo, non sapevo rendermi ragione, sembrandomi che Prato non avesse nulla da invidiare a nessun'altra città, tanto meno a Firenze: e più mi sorprendeva quel vezzo, tutto pratese, di giustificare i propri estri bizzarri con una frase, che allora mi pareva piena di un oscuro e meraviglioso significato. «A Firenze si fa così» dicono anche oggi, a voce alta, i miei pratesi, ogni volta che si trovano a dover giustificare le proprie mattane, qualunque gesto o azione fuor dell'ordinario, fuor della regola, fuori della tradizione di ragionata prudenza di cui va gloriosa la storia della mia città.
Un marito geloso bastona la moglie? A Firenze si fa così. Due fiaccherai si pigliano a cazzotti? Una ragazza allunga un ceffone a uno screanzato? Due donne si pigliano per i capelli? A Firenze si fa così. Un ubriaco si mette ad arringare la folla dal terrazzino di Palazzo Pretorio? A Firenze si fa così. I militi della Pubblica Assistenza fanno baruffa con i Fratelli della Misericordia? Un cenciaiolo va in galera? Una moglie tradisce il marito? E che c'è di male? O non lo sai che a Firenze si fa così? Tanto che, da ragazzo, venni a poco a poco nella persuasione che Firenze fosse una gabbia di matti, dove le stranezze d'ogni sorta stessero di casa, fossero la regola, non l'eccezione. Dove la gente passava, non dico il tempo, che sarebbe poco, ma il meglio della

vita ad architettare sempre nuove pazzie. Una città di matti: dove tutti i mariti si divertivano a bastonare la moglie, dove tutti i fiaccherai facevano a cazzotti dalla mattina alla sera, dove tutte le ragazze si affannavano ad allungar manrovesci ai giovanotti, tutte le donne ad acciuffarsi per i capelli, tutti gli ubriachi ad arringare la folla dal terrazzino di Palazzo Vecchio; dove tutti, insomma, facevano a gara a chi più inventava bizzarrie mai viste. Una città straordinaria, dove io sognavo di poter un giorno recarmi ad ammirare, nella pienezza della loro gloria, i più felici, i più divertenti, i più estrosi matti del mondo.
Non v'era giorno che non mi apportasse una ragione di più per meglio convincermi della pazzia dei fiorentini. O quella volta che al Caffè del Bacchino udii un tale, ed era il Livi farmacista, esclamare con piglio risentito: « e poi, che c'è di strano? Anche Dante Alighieri faceva il farmacista ». Dante farmacista! Ma Dante era fiorentino, e a Firenze si fa così. O quando si sparse la voce di quel tedesco, un certo Stroscheneider, che camminava su un filo teso all'altezza del quarto piano da un capo all'altro di Piazza Santa Maria Novella? Nessuno mi poteva levar dalla testa che tutti i fiorentini camminavano all'altezza degli abbaini, su un filo teso attraverso le piazze e le strade. O quella volta che venne a Prato, per affari suoi, un fiorentino gigantesco, alto più di due metri, e si chiamava, se non erro, il Pa-

lazzi, e tutti dicevano che aveva venduto il proprio scheletro alla Specola, e ora campava sulla rendita delle proprie ossa? Mi pareva la cosa più naturale del mondo che tutti i fiorentini vendessero, da vivi, il proprio scheletro ai musei di Firenze, e così campassero onestamente di rendita. E le bizzarrie del poeta Fagioli? I fiorentini mi sembravan tutti fagioli.

E le stranezze dei Granduchi? Di quei Granduchi mattacchioni, che non dormivano la notte per pensare alle burle che avrebbero fatto il giorno dopo ai loro carissimi sudditi? Quelli sì ch'eran sovrani degni di Firenze! Quando passava un Granduca per le strade, era tutto un correre, un vociare, uno spalancar di finestre, uno sventolio di braccia e di cappelli: « Viva il *Grandua*! » e il *Grandua* si voltava, faceva le boccacce, salutava a destra e a sinistra, gridando: « chi la fa l'aspetti! » e la folla giù a ridere, a schiamazzare, a batter le mani, branchi di monelli correvan dietro la carrozza, si aggrappavano al mantice, facevano a gara a chi strappava più penne alla feluca granducale, tutto il popolo, insomma, gli tendeva insidie, agguati, imboscate, e non c'era verso che il Granduca s'arrabbiasse, né che i fiorentini se n'avessero a male. O l'ultimo scherzo che fecero al loro ultimo Granduca? Fu nel cinquantanove, quando una sera l'andarono a prendere a Palazzo Pitti per mandarlo via. I più scalmanati volevano staccare i cavalli per mettersi a tirar le stanghe. Il Granduca credeva fosse una burla e rideva, stringeva l'occhio con aria d'intesa, si lasciò mettere in carrozza, si sporgeva dal finestrino sventolando la tuba. La folla gridava evviva, gli buttava baci e fiori, e il Granduca dal finestrino, con un vocione tra il divertito e il minaccioso: « bravi! bravi! domani tocca a me! domani v'accomodo io! » e credeva fosse uno scherzo, uno dei soliti scherzi. « O Granduca – gli rispondeva la folla in delirio – o Granduca, a Firenze si fa così ». E infatti la carrozza si mosse, partì, e il Granduca a Firenze non è più tornato.

A ricordarsi tutti quei fatti, i pratesi si sentivano rimescolare il sangue dall'invidia e dall'ammirazione. Che città, Firenze! Quella sì, ch'è una città! Non come Prato, dove nessuna pazzia era permessa, che non fosse alla fiorentina. Matti sì, ma non alla pratese. Una regola prudente, non c'è che dire. E intanto i giorni passavano, e i mesi, e gli anni, e io mi sentivo nella mia città come in una prigione, anelando con tutta la forza del mio animo a evadere dalla saggia prudenza dei pratesi, a rifugiarmi nella meravigliosa pazzia dei fiorentini. Un giorno, finalmente, per un dieci che m'ero preso in matematica, ottenni in premio di andare a Firenze; e m'accompagnava Bino Binazzi, il mio caro Méntore, il mio povero e caro Binazzi. Affacciato al finestrino

del treno, guardavo fuggire i campi, le case, i monti, e mi pareva che a poco a poco il paesaggio si facesse stranamente più luminoso e profondo, che perfino il colore dell'aria mutasse. Sullo stradale di Calenzano e di Sesto passavano i barrocci in lunghe file: e non mi sembravano più gli stessi barrocciai della Val di Bisenzio. L'intonaco delle case m'appariva più liscio, più chiaro, i filari delle viti si rincorrevano per i campi con una grazia più svelta e leggera, i campanili balenanti fra il verde lontano m'invitavano ad aeree fughe, scoprivo in tutto un che di strano, di mai visto o sognato. Mi sarebbe parsa cosa naturalissima se, arrivando a Firenze, mi fossi trovato all'improvviso in mezzo a un popolo alato, a uomini dai capelli verdi, o con cento braccia come Briareo, o con un occhio solo in fronte come i Ciclopi, tanto ero preparato al meraviglioso.
Ma, appena uscito dalla stazione, mi vidi venire incontro gente che assomigliava, in tutto e per tutto, ai pratesi. Non dirò come restai: per fortuna, mi rianimò un poco la sua parlata aperta e violenta, il suo modo di ridere, il suo tono franco e allegro, quel gestire ampio, e al tempo stesso quell'ironia, che non era unicamente delle labbra e dello sguardo, ma della fronte, dei capelli, delle mani. «Ci siamo» dissi fra me. E spalancai gli occhi, sperando di vederne di cotte e di crude, disponendomi ad assistere ad ogni sorta di pazzie e di spettacoli strambi. Ed ecco gli spazzini che annaffiavano

le strade, i vinai e i pizzicagnoli sulle soglie delle fiaschetterie e delle pizzicherie, i fiaccherai sonnecchianti a cassetta davanti al Baglioni, con la tuba sulla nuca, sotto l'ombrellone ciondolante di frange; ecco le guardie, i giornalai, i passanti, i monelli che si rincorrevano per Via Panzani fra le zampe dei cavalli, e chi chiamava, chi rispondeva, chi vociava, chi rideva, tutti mi sembrava recitassero una commedia piena di frizzi, di risate, di gesti bizzarri, tutti mi pareva si muovessero, cantando, parlando, sul filo di una musica, a tempo di ballo: nulla di nuovo né di meraviglioso, insomma, nulla di diverso da come la gente si muove, parla, e gesticola a Prato. Che i fiorentini, mi domandavo, fossero davvero figlioli dei pratesi?

Quel dubbio m'inquietò, e certo Bino Binazzi se ne accorse: perché proprio in quel momento mi prese per la mano e allungò il passo, dicendomi: «guàrdati in giro, se vuoi vedere come i fiorentini son pazzi». Svoltammo a destra per Via Rondinelli, e cominciò per me la più strana corsa, il più sorprendente viaggio della mia vita. Palazzo Strozzi, i Lungarni, Palazzo Pitti, Via degli Uffizi, Piazza della Signoria, il Bargello, Santa Croce, e chiese, palazzi, monumenti, e strade, piazze, vicoli, e a un tratto, dopo un paio d'ore d'andirivieni da un capo all'altro di Firenze, sbucammo, non so co-

me, davanti a Santa Maria del Fiore. « Guarda » mi disse Binazzi. Levai gli occhi, e il miracolo del Duomo mi apparve all'improvviso, come se la Cupola del Brunelleschi e il Campanile di Giotto fossero emersi in quell'istante di sotterra. Mi pareva che il Cupolone non avesse ancora finito di sbocciare, e dondolasse lievemente nell'aria azzurra. Ora capivo qual è la pazzia dei fiorentini. Tutti matti, a Firenze, ma che razza di matti!
Bino Binazzi mi guardava di sottecchi, sorridendo. Poi sollevò adagio adagio le braccia, aprì un gesto lentissimo, ampio, solenne, commosso, come per abbracciare il Cupolone, il Campanile, il Battistero, e San Lorenzo, Santa Croce, Santa Maria Novella, Palazzo Vecchio, tutta Firenze con le sue statue, i suoi quadri, i suoi poemi, i suoi palazzi, le sue chiese, tutta Firenze con tutti i suoi matti e tutte le sue pazzie: « Vedi? – mi disse – soltanto a Firenze si fa così ».

XII

D'estate, si sa, i fiorentini hanno caldo.

Fra tutte le statue di Firenze, la statua di Giovanni delle Bande Nere è quella che più si meriterebbe un par di ceffoni nel muso. Guàrdalo un po', come se ne sta seduto comodo in San Lorenzo, con quel suo tronco di randello nel pugno. O piove, o tira vento, Giovanni è sempre là, col suo sorriso molle nel viso barbuto. E che barba da paino, tutta riccioletti corti, ben pettinata, ben lisciata, intorno a una bocca che par quella di una donna con la voglia del cocomero. Non si scomoda neanche se tu lo pungi nel sedere con uno spillo. « Ci sto bene, e ci sto, – par che dica – e pròvati a farmi alzare, se ti riesce ». E quel bastone in mano, che se ne fa? O perché non l'adopra? Già, perché non l'adopra? Non si può dire che in questi ultimi tempi non gli siano mancati il modo e le occasioni.

Era, quello, un tempo antico. Un tempo da grandi idee e da grandi fatti. Si sentiva nell'aria un che d'insolito e, insieme, di familiare, qualcosa che era di tutti i giorni e, al tempo stesso, di strano e di remoto. I fiorentini non se n'accorgevano, abituati com'erano a respirare quell'aria, a muoversi tra quelle mura, in quelle piazze e in quelle strade, a vivere, insomma, fra di loro. Ma quelli che venivan di fuori porta, gli abitanti delle campagne e dei paesi intorno a Firenze, appena mettevano piede in città drizzavan le orecchie e stavano col naso al vento. Il martedì e il venerdì, giorni di mercato, i contadini, i fattori, i baccagliatori, camminavano per le strade con aria sospettosa, come se temessero a ogni momento di buscarsi una legnata fra capo e collo. I più animosi si buttavano il cappello sulla nuca o sulle ventitré, e col mezzo sigaro spento in bocca, le mani in tasca, camminavano impettiti nel mezzo della strada, guardando fissi davanti a sé fra le ciglia bianche di polvere. Ma eran pochi, e tutti delle parti di Prato e di Campi. Gli altri se ne venivano adagio adagio lungo i muri, in punta di piedi, a gomito ritto, col cappello sulla fronte, curvi e strizzando gli occhi, con l'aria di non saper nulla, di non veder nulla, di non chieder nulla.

Tutti, a una certa ora, si davan convegno in piazza della Signoria e intorno al Porcellino, poi, dopo desinare, si ritrovavano in San Lorenzo, fra i banchi e le tende dei mercatini, davanti alle bottegucce interrate dei rigattieri, a ragionar di compere e di vendite, di bestie, di grano, di vino, di trecce di paglia, di « chettrini » e di donne. Dall'alto del suo piedestallo, seduto sul vocio ed il gesticolar della folla, Giovanni delle Bande Nere non guardava in faccia a nessuno: a muso duro, a testa ritta, la bazza pelosa volta in su, col suo inutile bastone in mano. Faceva il sordo, ma non perdeva una parola dei discorsi della gente. E non era prudenza, la sua, bensì pigrizia, indifferenza e superbia. Cose, certo, non da toscani. Il lasciar fare e il lasciar dire non son radicchio dei nostri campi. Il radicchio toscano è il da' retta, il chetati grullo, il toccami il naso se t'hai coraggio, il levati di lie, e il la mi faccia il piacere.

Era un gran bel tempo, per noi che eravamo ragazzi. Un tempo da innamoramenti, da fughe, da « *Guido vorrei che tu e Lapo ed io* », ci si voleva tutti bene come fratelli: e il fatto che qualche volta si faceva a cazzotti, non era segno d'inimicizia, ma di confidenza. Eran botte fraterne, botte in famiglia. Tutti bravi ragazzi, in fondo; la guerra ci aveva lasciato soltanto i calli alle mani, eravamo pieni d'indulgenza, di tolleranza. E il nostro solo difetto era che non potevamo sopportare che gli altri non la pensassero come noi. A parte questo, si viveva tutti d'amore e d'accordo, e non era poi un gran male se, tutte le volte che ci s'incontrava, i neri da una parte, i bianchi dall'altra (sotto gli occhi dei borghesi, dei piagnoni, dei grassimagri, che ci stavano a guardare dalla finestra), ci si pigliava a legnate. Non per cattiveria, intendiamoci, ma per ruzzo. Storia vecchia, storia di famiglia. E giù botte da far tremare i muri, giù botte in piazza che perfino il Davidde di Michelangelo andava a ripararsi sotto la Loggia dei Lanzi.

Ma, pur nella febbre delle fazioni, un crudele sospetto vegliava in cuore ai fiorentini: il sospetto che in tutta Firenze il solo che aveva paura dei cazzotti era proprio Giovanni delle Bande Nere. Peccato che un così gran nome, che un giovane di così buona famiglia, si facesse portar per bocca a quel modo! Era ormai certo che quella faccia barbuta, quel sorriso finto, quell'aria di superbia, nascondevano un tradimento. I più scalmanati di noi, passando in San Lorenzo, levavano gli occhi come per dire: « un giorno o l'altro t'aggiusto io! ». Ed era infatti uno scandalo mai visto, che in una città come Firenze, dove tutti se le davano allegramente e di santa ragione, e rischiavano le ossa per la propria bandiera, lui solo, Giovanni, lui solo, un Medici, se ne stesse tranquillo a sedere in disparte sul suo seggiolone di marmo, come se la cosa non lo riguardasse. Poi venne l'estate, e d'estate, si sa, i fiorentini hanno caldo.

Lungo il Mugnone le siepi di sambuco mandavano un odore forte e inebriante, le viti piegavano sotto il peso dei grappoli ancora verdi, ma già gonfi e succosi, una dorata opulenza splendeva nei campi, e i muri delle case parevano di carne soda e sanguigna, dove i tatuaggi degli evviva e degli abbasso pulsavano azzurri come vene. Finché una sera si sparse la voce che c'era stato un morto. Gruppi di giovani si misero a percorrere le strade vociando e tempestando, allegri e rochi, le mani gonfie di vesciche dal gran prurito. Ma con chi pigliarsela? Picchiavano agli usci, mettevano il capo nei caffè e nelle fiaschetterie, gridando: « Chi le vuole venga fuori! chi le ha da avere venga fuori! chi le cerca venga fuori ». Nessuno, però, si faceva avanti. I più furbi eran fuggiti per gli orti e per i campi, o stavano cheti, rannicchiati nelle cantine e sotto i tetti. Per Firenze quel grido giovanile: « Chi le vuol buscare venga fuori! » suonava gioioso e canzonatorio, pareva l'eco di antiche voci.

Era già notte, quando un corteo sbucò in San Lorenzo, e qualcuno, alzando gli occhi, gridò: « Gli è stato lui! ». Quel « gli è stato lui! » corse la piazza, tutti s'alzavano in punta di piedi per vedere. E Giovanni, seduto a barba ritta, con quel suo randello in mano, faceva il sordo, sembrava proprio una statua. Una gran folla s'era intanto adunata, c'eran tutti i facchini di Mercato Nuovo, i fiaccherai, i garzoni dei caffè e delle trattorie, e gruppi di ragazze vestite di raso, che al rumore erano sbucate dai vicoli intorno, con le loro rose di carta nei capelli. « Gli è stato lui! dàlli! dàlli! gli è stato lui! ». La gente sulle prime non capiva, si udiva da tutti i lati un domandare e un rispondere, chi è? chi è stato? l'hanno trovato? dov'è? hanno trovato l'assassino? finché, mescolandosi il nome di Giovanni delle Bande Nere a quello del morto, i più lontani cominciarono a gridare: « Tiragli! dàlli, ammollagli il capo! » e aggiungevano quei termini fiorentinissimi, come rivogata, ripassata, rimenata, rinfrescata, che vogliono dir tutti la stessa cosa: ed è una santa cosa. Ma Giovanni, duro e sordo, se ne stava seduto sul suo, e pareva dicesse: «A me non importa un bel nulla dei fatti e fattacci vostri, io sto sul mio e ci resto, e questo randello ne fo quel che mi pare, e se non l'adopro è perché non ne ho voglia, e se avete da spicciare i vostri fatti, spicciateli fra voi, io non c'entro e fo il mio comodo». Queste cose pareva dicesse. Ma ai più arrabbiati le sue parole suonavano in altro modo, come «provatevi a darmi noia e poi vedrete, questo bastone ve lo do nella testa». In questo modo e peggio. Finché un giovanotto più degli altri accaldato e animoso, si arrampicò sul piedestallo aggrappandosi alle sei palle dello stemma mediceo. Quando fu in cima, fu visto alzar la mano, e giù un par di ceffoni in quel muso che suonaron per tutta la piazza. E scoppiò un'allegria, un battimani, uno strepito, che pareva un trionfo.

Ma fosse il riverbero dei fanali, che il vento della notte muoveva, fossero le ombre della folla, che si rincorrevano e si arrampicavano su per le facciate delle case fino ai tetti, fosse l'incerta luna, che nuvole erranti coprivano e scoprivano, sembrò che Giovanni delle Bande Nere alzasse il bastone. Certo è che il giovanotto cadde all'indietro, sparì nella folla, come se ve l'avesse precipitato una legnata in fronte. Fu un grido immenso, feroce, e venti giovani si buttarono alla riscossa, si arrampicarono sul piedestallo, cominciando a picchiar di santa ragione nella faccia, sulle spalle e in testa a Giovanni. Il quale si difendeva come meglio poteva, e sembrava davvero che roteasse intorno il suo randello, dando calci e capate nello stomaco agli assalitori, ma sempre seduto, con una dignità che in altri momenti sarebbe stata, senza dubbio, degna di lode. Quelli di sotto gli davano puntate con i bastoni nella base della schiena, per farlo alzare, e quello duro, seduto, e quelli duri a picchiarlo, e i cazzotti volavan per l'aria con lieto rumore.

In quanto a botte, chi se ne intende disse che furon botte. E che furono ben date. Perché nessuno ha il diritto in Firenze, e si può dire in tutta Italia, di starsene alla finestra, di non prender parte ai fatti degli altri, o, come si dice, di non aver bandiera, mentre le libertà del popolo sono in pericolo. E fu quella una rivogata esemplare, la più gloriosa che mai si vedesse in Firenze. Dove tutti hanno da rigar diritto: e non soltanto da vivi, ma da morti, massimamente se son di marmo, e stanno di casa in piazza.

XIII

Peretola Brozzi e Campi
è la meglio genìa che Cristo stampi.

Erano anni che non rimettevo piede in Campi, che fra tutti i paesi della Toscana è certo il più famoso e, insieme, il più sconosciuto. Da almeno sei secoli tutti ne parlano e ne sparlano: ma nessuno c'è mai stato, nessuno ci va. E dire che è appena a qualche miglio da Firenze, sulla strada per Prato: i Medici, andando al Poggio a Caiano, vi passavan vicino, a non più di un tiro di archibugio, e chi sa quante volte Bianca Capello l'ha sfiorato col gomito. Dalle finestre di Careggi, Lorenzo morente vedeva lontano fra il verde le torri del Castello di Campi. Tutti sanno dov'è, ma nessuno ci passa. Eppure non è distante più di due miglia da Peretola e da Brozzi:

> Peretola Brozzi e Campi
> è la meglio genìa che Cristo stampi.

Ma si dice la meglio, o la peggio genìa? Io dico la meglio, e son sicuro di non sbagliarmi: tanto vivo è l'affetto che mi lega ai campigiani, e tanto grande è la stima alla quale essi han diritto.

Strano paese, Campi, famoso un tempo per le sue trecciaiole, i suoi barrocciai, i suoi maniscalchi, i suoi falegnami, i suoi cosciotti di pecora, e specie per i suoi ladri di polli e per quel vanto di fierezza e di furberia che si accompagna da secoli al nome dei campigiani. È raro trovare insieme unite in un popolo la fierezza e la furberia, poiché l'una esclude l'altra. La furberia è di per sé una qualità vile, la fierezza ha per fondamento la dignità, il rispetto di se stesso. Ma chi, più dei campigiani, ha rispetto di se stesso? Chi, più di loro, è insieme furbo e fiero? Chi, più di loro, sa difendere la propria dignità con furberia? Chi, meglio di loro, insomma, sa essere fiero e dignitoso senza passare da grullo?

Strano paese, Campi: e, sebbene si trovi a mezza strada fra Prato e Firenze, si direbbe che sia lontano da queste due città almeno mille miglia, e tenga più della Maremma che del Bisenzio. Un'aria maremmana ti accoglie, appena passata Peretola: un'aria libera e, direi quasi, un po' triste, che non è soltanto nel colore della terra, delle foglie, delle pietre, dei muri, ma nell'aspetto degli abitanti, che sono d'alta statura, ben costrutti, avvolti tutti, nella buona e nella cattiva stagione, in un gran mantello nero o color tabacco, la fronte nascosta da un cappellaccio di feltro a larghe tese. Hanno la voce forte, segno forse d'innata prepotenza, non meno che di una legittima stima di se medesimi. Una voce tuttavia, com'è giusto, un po' rauca: non per il bere, ma per l'aria umida e bassa. Hanno nei gesti un che di teatrale, quell'ampiezza rotonda propria della

gente cresciuta in pianura, educata al maneggio dei cavalli e degli armenti, della frusta e del pungolo, propria della gente di Cecina, di Follonica, di Grosseto.
Ma la Maremma è lontana dal contado fiorentino, è laggiù oltre i poggi senesi, oltre le crete di Volterra, e tali caratteri maremmani nella gente di Campi non si giustificano se non col trovarsi Campi in mezzo all'Osmannoro, quella grande piana compresa fra gli Appennini e le rive dell'Arno e dell'Ombrone, bassa, acquitrinosa, allagata ad ogni primavera e ad ogni autunno dalle piene del Bisenzio, dell'Ombrone e della Marina. Un tempo l'Osmannoro si stendeva, triste e selvatico, da Firenze a Pistoia, ed è oggi tutto campi e vigne, solo in parte rimasto qual era in antico, quando si chiamava *Il prato*, e diede il nome al Borgo al Cornio diventato prima Terra e poi Città di Prato.
L'aria trasuda un dolce odore di pecora: ed è la pecora il cibo tradizionale dei campigiani, com'è dei popoli della Maremma. Il sole che rimbalza sui solchi di terra bruna, sui muri grigi delle case, sulle chiome dei gelsi e dei salici, sulle lunghe foglie taglienti delle canne, sui cipressi affilati come coltelli, è un sole giallo, ed ha i riflessi delle zucche mature sulle pareti polverose dei granai. Quest'odore di pecora, questo sole giallo, mi svegliano in cuore una tristezza pentita e felice. Erano anni e anni che non tornavo a Campi, e mi par di

varcare la soglia di un paese lontanissimo nella memoria e nel tempo. Sento di tornare a casa da un lungo esilio: poiché il toscano, quando non è fazioso, va in esilio. Quando è fazioso non lo smuovi dalle sue zolle, dalle cantonate delle sue strade, e muore dov'è nato e cresciuto, lì, su quei pochi palmi di terra e di lastrico, con una fedeltà ironica e crudele alle tradizioni del suo sangue, dei suoi solchi e delle sue pietre. Quando non è fazioso il toscano esilia, va di paese in paese e non lo ritrovi dove la terra è grassa, in Romagna, in Emilia, nella Valle Padana, in Campania, ma dove la terra è magra e avara, dove la radice della vite spezza il macigno, dove i poggi nudi e sassosi offrono in dono alla canicola e al tramontano il ramarro, l'olivo e il cipresso. Mi sento toscano, oggi, come non mai, e sono grato a Campi di offrirmi il viso che mi offriva tanti anni or sono, quando ero ragazzo e venivo con Bino Binazzi e con i compagni di scuola del Cicognini lungo l'argine del Bisenzio fino alla chiesina di Confienti, fino a Capalle, fin quasi a questo ponte a schiena d'asino, che scavalca il fiume all'ombra delle torri merlate del Castello, dove ora è la caserma dei Carabinieri.

Il pomeriggio è stanco, il cielo è gonfio di nuvole bigie, e da uno squarcio sui monti, laggiù dietro Fiesole, si affaccia pallido e timido uno spicchio di luna: simile alle tre mezzelune scolpite nello stemma degli Strozzi, sull'architrave del Castello. Salgo sul ponte, mi appoggio alla spalletta, volgo lo sguardo verso Prato. Il Bisenzio scorre qui in un letto stretto e profondo, incassato fra due alti argini erbosi, cui fan corona i canneti, le macchie di rovi, i panni stesi ad asciugare, le pelli di pecora imbullettate a zampe larghe sui trapezi di legno, come martiri in croce. Un povero fiume polveroso. A monte di Prato, il Bisenzio, uscito dalla stretta di Santa Lucia, scorre ampio e libero giù per un bianco immenso greto: ma dopo qualche miglio, quando da pratese è sul punto di diventar campigiano, si restringe, si fa sottile sottile, si attorciglia, si divincola, diventa magro e sciolto come una fune, arido e storto come un tralcio di vite, e mostra a ogni passo le spolpate ossa del greto, i nudi fianchi degli argini, quasi si direbbe che si fa piccino piccino per non dar nell'occhio ai campigiani. E oltrepassata la chiesetta di Confienti, infilato l'arco del ponte di Capalle, giunto in vista delle torri del Castello di Campi, ecco che il sangue, dalla paura, gli si ferma nelle vene, poiché già vede ritti ad aspettarlo al varco, lungo gli argini e sul ponte, i campigiani: gli uomini, con la cicca fra i denti, i mantellacci sulle spalle, i cappelli a larghe tese buttati all'indietro sulla nuca, le mani in tasca e il mento in aria, le donne con la treccia di paglia fra le dita, le ciabatte sotto il braccio, lo scaldino tenuto in bilico, stretto fra le ginocchia, sotto le gonnelle, i capelli violenti, il viso pallido e fanatico. Li vede da lontano, e col fiato mozzo, le gambe flosce, il povero Bisenzio si mette, come nulla fosse, a girellare fra i ciottoli, a strisciare per il greto come fa il biacco, per il greto sparso di fogli di carta, di cenci, di fiaschi spagliati, di zampe di pecora, di teste d'ariete: e par che nel suo letto sia passato da poco un esercito in rotta. Li vede, e si fa esile, quatto quatto, misero misero, sapendo di dover passare sotto quegli occhi, sotto quelle bocche, sotto quelle mani. Ecco, passa, s'infila sotto il ponte, è passato, si butta a correre: fugge, scivola, inciampa, ruzzola, e alla prima voltata se la dà a gambe, sparisce in un batter d'occhio, va difilato a gettarsi a capofitto nell'Arno.

Ma il Bisenzio, il mio caro Bisenzio, ormai, ha torto. Son passati i tempi, quando i campigiani, gelosi delle cose loro, non sapendosi dar pace di vedere il Bisenzio uscir di casa e andare a zonzo per i poderi degli altri, a mescolar le proprie limpide acque con l'irosa corrente dell'Arno fiorentino, l'aspettavano al varco sul ponte, armati di sassi e di bastoni, per tagliargli la strada, per ricacciarlo indietro, per obbligarlo a cercar scampo nella fuga, fuori del proprio letto, nei fossi e nelle pozzanghere dell'Osmannoro. Morto, ma a Campi. Morto, ma campigiano. Son passati quei tempi, anche se son passati da poco. Io me li ricordo. E mi ricordo di quando i pratesi avevan paura a passar da Campi la notte. Ormai i campigiani, uomini e donne, stanno ritti lungo gli argini e sul ponte, a guardar scorrere il Bisenzio, più per tradizione che per malanimo, ed è una tradizione che merita rispetto, e conviene rispettare; come tutte quelle, buone e cattive, di cui è fatta la gloria di Campi.

Strana gloria, degna in tutto di questo popolo singolare, prepotente e riottoso, fiero e furbo, manesco e insieme amante delle parole: non già, tuttavia, delle parole spicciole, di quelle che piacciono ai chiacchieroni, sdrucciolevoli, facili e dolci, rotondette e rimbalzanti, che scivolano fuor della bocca, tanto son umide di saliva, senza consumare le labbra; ma delle parole grosse, pesanti e sode, di quelle che dove passano lasciano il segno, e bucano l'aria come palle di schioppo. Un popolo, insomma, da prendere ad esempio, e non soltanto in Toscana. « Campi passa e non bacia » dice un famoso proverbio fiorentino. E non v'è maggior elogio dei campigiani, anche se l'origine di quel proverbio si presti alla maldicenza. Buona razza di toscani, di quelli che non toscaneggiano. Di quelli che il Fagioli, il Guadagnoli, il Fucini, il Collodi, e lo stesso Giusti, fingono, per prudenza, di non conoscere. E quanti sono, in Italia, e perfino in Toscana, che li conoscono? Quanti sanno

che i veri toscani non son quelli dei riboboli, degli stornelli, delle cicalate, delle arguzie facili, ma quelli dalla voce forte, dalle mani nodose, d'alta statura e di spalle larghe, i toscani, per intenderci, di Dante, di Masaccio, di Pier della Francesca, di Michelangelo?
Eccoli là, ritti sul ponte, i miei cari campigiani. Guardateli in faccia: i toscani veri, per riconoscerli, basta guardarli in faccia. Hanno tutti la pelle arrossata, le ciglia e i capelli bruciacchiati, come se tornassero ora ora da un gran viaggio in inferno.

XIV

I ladri, in Toscana, non rubano polli.

Di tutti gli eroi che, dalle prime letture di Plutarco fino alle mie più recenti esperienze, ho conosciuti da vicino, i ladri di polli del Bisenzio mi son certo i più cari: e ancor oggi li piango. Venivan tutti da un paese situato sulla riva del fiume, là dove il Bisenzio, allontanandosi dal piede dei monti, s'impigrisce fra i canneti del piano. E se ripenso a quei lontani eroi della mia infanzia, il cuore tuttora mi trema, come quando Ferruccio Ciofi – un ercole magro dalle mani enormi, che faceva a tempo perso il maniscalco, ma più per amor dei cavalli che per mestiere, e viveva in fondo a una grande stalla di Via Palazzolo, fra cataste di selle, di coperte, di finimenti, di fieno pressato, tra le stanghe ritte dei calessi e dei bàgherre – mi diceva sorridendo: « Oggi si va a Campi, a trovare i ladri di polli ».

Si partiva da Prato la mattina presto, ma non col tram a vapore che aveva la rimessa in Piazza delle Carceri, davanti alla Fortezza di Federico di Svevia, il vecchio tram che in mezzo a Campi, appena vedeva il ponte a schiena d'asino, prendeva la rincorsa, s'arrampicava sbuffando, si fermava senza fiato, tornava indietro, si ributtava in avanti a testa bassa, e tutti i passeggeri l'aiutavano spingendo le ruote, incitandolo con la voce, e, si può dire, con le pedate, finché, giunto a fatica in cima al ponte, rimaneva un istante in bilico, e a un tratto ruzzolava giù dall'altra parte, fra l'allegro schiamazzo dei passeggeri, e dei campigiani fermi sugli usci a godersi la scena. Si partiva in calesse, e Ferruccio pareva un vero inglese, col suo colletto alto, la sua giacca grigia a quadri rossi, i suoi guanti di pelle chiara. Ogni tanto faceva schioccare la frusta, e il suo nero cavallo, il vecchio Falco, trottava allegramente con quel passo lungo che gli aveva dato, da giovane, alla Fiera di settembre, più d'una vittoria nelle corse al trotto sul Mercatale.

Era per me una gran festa, quel viaggio al paese dei ladri di polli. Me li sognavo la notte, quegli omaccioni che puzzavan d'aglio, di pecora e di vino, parlavano forte gesticolando, sputavano in aria grumi di saliva che parevan ciottoli, e nascondevano certo, sotto i mantellacci neri, chi sa quali misteri, chi sa quante paia di polli. Erano, per me, i più fieri e i più nobili uomini del mondo. E si diceva allora a Prato, e non soltanto in Prato, ma in tutta la Toscana, che non v'erano ladri di polli più famosi di loro: percorrevano l'Italia da cima a fondo, spolverando tutti i pollai che incontravano sul loro cammino, e ogni tanto ne arrestavano qualcuno in Puglia, in Sicilia, nel

Veneto. Erano, ai miei occhi, guerrieri che andavano alla conquista di lontani regni, non i soliti ladruncoli che sfilano sui banchi delle Preture. Erano nati per altri combattimenti, per altra gloria: e reagivano a quel modo, come meglio potevano, a un destino che non era il loro.
Partivano verso sera, quando il sole s'era già nascosto dietro il mantello di San Jacopino pistoiese: li vedevi allontanarsi a piedi, alla chetichella, lungo gli argini del Bisenzio, salivano sulle diligenze che li aspettavano a mezzo miglio fuori del paese, ed erano le stesse diligenze che d'estate vedevo passare, cariche di pellegrini, verso il Santuario appenninico della Madonna di Boccadirio. Partivano in un tintinnio di sonagli, come i pionieri verso il Far West, come gli Achei verso Aulide. Erano sempre un po' tristi, sull'ora della partenza. Se ne andavano così, in silenzio, chiusi e guardinghi, sugli stradali di Vernio, di Montemurlo, di Barberino, di Empoli, di Figline, di Poggibonsi, verso Bologna, verso Pistoia, Perugia, Siena, Pisa, andavano ai quattro canti della Toscana, ai quattro venti d'Italia. Erano tristi, non cantavano, non ridevano, s'udiva soltanto la voce del vetturino che parlava coi suoi cavalli. «Ecco i ladri di polli» dicevano le donne sedute a far la treccia sull'uscio di casa, nella calda sera d'estate. Sciami di lucciole seguivano i riflessi della Via Lattea nei dorati campi di grano. In tutto il popolino della Val di

Bisenzio, specie nelle donne, c'era una segreta simpatia, un'amorosa complicità con quegli omaccioni dagli occhi neri, dalle labbra rosse, ombreggiate di folti baffi morbidi e inquieti, dalle fronti alte e bianche, che partivano alla conquista di un soffice trofeo di penne e di creste. Noi ragazzi si seguiva la diligenza per un lungo tratto, camminando sul ciglio della strada, fra i paracarri e il fosso, trattenendo il respiro: e verso la Madonna della Tosse, dove, finita la salita, i cavalli ripigliavano il trotto, ci si fermava ansando, si rimaneva immobili a seguire con gli occhi, nell'ombra, quell'ombra più scura che spariva nella notte, ad ascoltare la voce del vetturino che moriva a poco a poco nel mormorio del fiume, nello stormire della selva di cipressi sui fianchi dello Spazzavento.

Era proprio lì, alla Madonna della Tosse, dietro quella rupe dove è murata la lapide, che Garibaldi nel quarantanove, tornando fuggiasco dall'aver sepolto Anita alle Mandriole, s'era nascosto, travestito da carbonaio, per scivolar di mano a una pattuglia di bianchi soldati austriaci. E ci pareva che Garibaldi fosse ancora nascosto lì dietro, l'orecchio teso a spiare il mormorio del fiume, lo stormir dei cipressi. Ci sembrava un ladro di polli anche lui, un eroe degno di quelli. La sera si faceva fredda, un vento sottile soffiava giù per la valle, i grilli cantavano tra i ginepri, e noi eravamo ancora lì fermi, gli occhi fissi nell'ombra.

Poi si tornava verso casa adagio adagio, col cuore triste, come se avessimo accompagnato un fratello che partiva per la guerra. Si camminava nel buio senza dirci una parola, io mi sentivo la gola chiusa, avrei dato chi sa che per poterli seguire sulla loro diligenza, verso lontani paesi e misteriose avventure e segreti pericoli, verso i notturni pollai caldi e odorosi d'uova, verso il sommesso starnazzare, verso gli stridi soffocati nel sacco.
Tornavano, i più, dopo alcuni giorni: all'alba, con i sacchi gonfi sulle spalle, s'infilavano cauti, guardandosi in giro, nelle casupole grigie lungo il fiume. Subito le porte e le finestre si chiudevano sul livido sospetto dell'alba. Altri facevan ritorno al paese dopo tre, dopo quattro mesi, con gli occhi infossati, le guancie gonfie e flosce, e parlavano ridendo di prigioni e di carcerieri. Altri, ma eran casi rarissimi, sparivano, non se ne sapeva più nulla: si diceva che, usciti di galera, avevano emigrato, s'erano dati a nuovi mestieri, a imprese più vili, avevano tralignato, nessun mestiere essendo più nobile di quello del ladro di polli. Stavano via un pezzo, cinque anni, dieci anni, poi, un bel giorno, ricomparivano in piazza, con i capelli grigi, un'aria pasciuta, uno sguardo umile e pentito, e sfoggiavano vestiti cittadini. Ma dopo due o tre giorni li rivedevi in giro con l'antico cappello a larghe tese, con l'antico mantellaccio nero gettato sulle spalle un po' curve.

Poi era venuta la guerra, anche i ladri di polli, come tutti gli altri giovani del paese, erano partiti sulle loro diligenze imbandierate, cantando; molti erano andati nei bersaglieri, e s'eran messe sul cappello le piume del gallo, familiare emblema. Molti erano rimasti lassù, altri erano tornati zoppi, o monchi, o ciechi, i più avevano riportato a casa altri occhi, altri visi, altro linguaggio. Non sembravan più quelli. I polli, finalmente, avevan cominciato a dormire sicuri: quei bravi ragazzi tornati dalla guerra non se la sentivano più di andare a saccheggiar pollai per tutta la Toscana, pareva si vergognassero del loro antico mestiere. E i vecchi, crollando il capo, dicevano tristemente che i tempi eran mutati, che la gente non si riconosceva più, che il mondo andava in rovina.

Oggi si può proprio dire che la razza dei ladri di polli è scomparsa, una razza estinta, un nobile popolo che la guerra ha decimato e disperso, che la pace ha avvilito. E mi domando se siano mai esistiti, quegli eroi della mia infanzia: o forse non sono che gli eroi di una leggenda, di una favola per ragazzi, non sono che il vago ricordo di un sogno infantile. E se mi guardo intorno mi sorprende uno strano odore nell'aria, un colore mai visto delle foglie, dell'erba, delle pietre, una voce nuova nel vento, una ingenua innocenza negli sguardi e nei visi. I mantellacci neri, i cappelli a larghe tese sono scomparsi: o forse nessuno li

ha mai portati, non sono che un'invenzione della mia balia, della mia buona Eugenia, di Mersiade, di Ferruccio Ciofi, delle massaie della Val di Bisenzio. È proprio vero che il mondo non è più quello, come dicono i vecchi. Oggi le donne del contado pratese non hanno più quell'aspetto sedizioso, quei capelli violenti, quelle bocche larghe e accese. Non siedono più sugli usci di casa con la treccia di paglia fra le dita, ma stanno in faccende, o camminano per le strade con aria sicura, con passo tranquillo. Non sono più soltanto « donne », come una volta: oggi ti accorgi che alcune sono madri, altre ragazze. Hanno una grazia pacata che prima non avevano. Gli uomini, quando hanno finito i lavori dei campi, della bottega, dell'officina, si riposano in piedi lungo i muri, parlando fra loro di grano, d'olio, di vino, di concimi, di mercati, di motori. Non parlano più di polli, soltanto di polli. E i giovani discutono della Juventus, della Fiorentina, del girone di andata, di Coppi e di Bartali.
Sembra un altro popolo. Forse son tutti morti, i campigiani di trent'anni or sono. O son finiti tutti in galera, e chiusi nelle celle sognano i pollai tiepidi, le soffici piume, il canto roco dei galli nella campagna ancora notturna. E molti di quelli che erano già uomini fatti quando io ero ancora un ragazzo, sono ormai vecchi e bianchi, hanno tutti un'aria triste e rassegnata, guardano i nipotini razzola-

re per le strade felici e contenti, razzolare proprio come polli. Ma zitto, che nessuno mi senta! Razzolare è una parola che non bisogna più pronunciare, una parola che fa male al cuore, come pollo, gallina, cappone, pulcino, pollaio, stia. Il tram non c'è più, ora c'è un'autocorriera che fa servizio con Prato e con Firenze. Tutti, uomini e donne, vanno in lambretta, e in pochi minuti sono a Firenze, a Empoli, a Prato. Ogni caffè, ogni osteria ha la sua radio, anche il maresciallo dei Carabinieri, la sera, va a prendere il poncino e a guardar giocare a carte, e quando se ne va, dice «arrivederci, ragazzi». I paesi mutano aspetto, quando gli abitanti cambiano mestiere: e quell'aria che avevano un tempo questi luoghi, quando vi regnavano i ladri di polli, quell'aria inquieta, di paese che vive con l'orecchio teso a spiare un lontano starnazzare, un lontano passo di gendarmi, oggi è sparita, e tutto par nuovo, le case, gli alberi, le nuvole, anche i visi della gente paion nuovi, più chiari, più sereni, più aperti. La mattina del lunedì, del martedì e del venerdì, quando passano i camion carichi di stie di polli, per andare al mercato di Firenze o di Prato, la gente non li guarda nemmeno. Soltanto i vecchi, seduti sugli usci di casa o sulla spalletta del ponte, tacciono a un tratto, e seguono con gli occhi, improvvisamente tristi e opachi, gli autocarri che si allontanano rombando, con le loro stie colme di piume tiepide e di creste vermiglie.

XV

Oh, le belle livornesi,
fanno un figlio ogni due mesi.

Oh le belle livornesi, dalle spalle rotonde, le braccia tornite, la fronte aperta come un davanzale. Proprio come un davanzale sul mare. Dove alti alberi dalle vele bianche passano davanti a vasi di gerani, e nuvole azzurre trascorrono in un cielo vermiglio. Le case paion di carne, ed è proprio il colore dei muri, dipinti di rosa grigio, di rosa giallo, di rosa verde, che fa le case di carne giovane, soda e liscia, dove il sole marino si riposa disteso a gambe larghe. Belle fette di sole come di popone maturo sulle facciate e sul lastrico delle strade, e verso sera un succo d'oro cola dalle grondaie e dalle persiane, un mosto caldo e odoroso, e inebria le rondini: che non sfrecciano più da tetto a tetto col lungo acuto strido, ma vanno a zonzo ad ali aperte come ubbriache, barcollando nell'aria sonora, e urtan con la testa nei grumi di turchino che il tramonto lascia sospesi sui tetti.

Fa caldo. Il mare batte come un ventaglio sugli scogli e sul molo, i girasoli volgono lentamente in giro la faccia nera e gialla, seguono i bambini con l'occhio rotondo, guardano meravigliati i giochi, i cavalli che passano, i barrocci fermi davanti alle osterie, l'altalena dei velieri dai fianchi rotondi, nella vecchia darsena dove l'acqua verde riflette la ruggine dei bastioni. I velieri che s'alzano e s'abbassano in fondo alle prospettive delle strade larghe e diritte, ora sollevandosi sui tetti, ora sprofondando sotto i marciapiedi. I velieri che dondolano in ogni vicolo, in ogni bottega, in ogni stanza, dove ragazze pallide e sudate dormono in letti disfatti, all'ombra dell'immensa chiglia che si alza e si abbassa come un seno. Voci chiare rimbalzano da muro a muro: e alcune risuonano a lungo, spegnendosi a poco a poco, come se non avessero la forza di spiccare il salto attraverso la piazza, e rimangono sospese a mezz'aria. Altre in bilico all'altezza delle grondaie come saltimbanchi sul filo, e par di vederle, voci vestite di rosso, di giallo, di verde: e a un tratto tentennano, cascan giù. I richiami dei pesciaioli scivolano lungo i muri come pesci vivi, guizzano negli anditi oscuri, accendono bagliori di scaglie ai davanzali dove s'affacciano donne e ragazze. Belle le mie triglie, belli i miei calamai, belli i miei cefali, belli i miei scorfani! Donne, guardate come son belli i miei scorfani! Belli anche loro. Con quelle larghe bocche spaurite, e gli occhi tondi pieni di meraviglia crudele. Guardano il viavai nel porto, i fiaccherai sonnolenti a cassetta, i bambini e i cani che ruzzano intorno alla tenda del gelataio, con su dipinta la Torre di Calafuria, o i Quattro Mori, o il Vesuvio fumante. Un Vesuvio pallido, smun-

to, con un fumicino in bocca che pare un sospiro. Anche il Vesuvio sembra spento, in questa luce di Livorno, in questo torrente rosso e turchino che scorre tumultuoso per le strade, risale i fianchi del Montenero come un'immensa ondata, ritorna in mare lasciando sui poggi una bava vermiglia, tirandosi dietro un lungo strascico verde di foglioline tenere, di stecche di persiane, di fili d'erba.
Oh le belle livornesi, dipinte d'ocra e di azzurro, dalle labbra di carne viva, le gote accese, gli occhi a triangolo sotto il curvo orizzonte dei sopraccigli. Il gelato che s'accostano alle labbra subito si scioglie al gran calore della bocca ridente. I capelli paion vivi, « deh, son vivi », guarda come si muovono, attorcigliati in trecce umide di nera ombra lucente: si avvolgono intorno al collo come serpi in amore, e ogni tanto una treccia morde la gola bianca, l'orecchio breve e carnoso, s'avvinghia intorno alla mano che la respinge.
Velieri al largo vanno nel vento, altri accostano il muso al molo, fiutano la riva sparsa di carrube, di bucce d'arance e di cocomeri. I marinai sul ponte tuffano il viso in secchi d'acqua, s'asciugano le teste arruffate, guardandosi intorno con gli occhi imbambolati. Oh le belle livornesi che vanno a spasso lungo il mare, a braccetto, ridendo, e volgono la testa in qua e in là, sul moto ondoso dell'anca. Le isole in mare rimbalzano sulle onde, e ogni tanto s'accostano alla riva, s'allontanan fug-

gendo, par che non debbano tornare mai più. I pescatori seduti sugli scogli fanno oscillare la canna sull'acqua, e il mare afferra l'amo coi denti, giocano a chi più tira: a un tratto il pescatore si rovescia sulla schiena, alzando la lunga canna, e il mare gli è sopra come un lottatore, gli preme sul petto e sul ventre, poi lascia la presa, si butta all'indietro, e l'uomo si curva di nuovo sull'onda che fugge. In quella lotta passano le ore, il mare ride intorno agli scogli.

Oh le belle livornesi, in piedi sulle porte delle case e delle botteghe, e parlano fra loro a voce alta d'uomini, di bambini, di navi. In fondo al loro grembo germinano alberi e vele, onde, scogli, nere tempeste e bianche bonacce. Al loro grembo tornano i marinai delusi, i velieri stanchi, le onde pigre, torna il vento vagabondo. Tornano alle donne di Livorno che stanno ad aspettarli sull'uscio di casa. Ceste e panieri di frutta negli anditi oscuri e freschi, si sentono i fichi respirare e ridere fra le labbra vermiglie, i chicchi d'uva tintinnare, le melanzane d'acciaio lucido scivolare sul fondo delle ceste come le spole nei telai, le melegrane esplodere con uno scricchiolio di denti giovani, le pesche rotolare nei panieri con un tonfo molle, che spande nell'aria un denso odore d'albero sotto la pioggia.

Frotte di bambini e di cani si rincorrono nelle ampie e chiare piazze, dove statue di Granduchi che paion statue di Muse, la fronte in-

coronata di alloro, avvolti nelle pieghe sobrie e solenni delle toghe, discorrono fra loro col remoto accento di Metastasio e di Mozart. Quei marmi bianchi sullo sfondo di un cielo turchino, sempre più pallido a mano a mano che il sole volge al tramonto, finché sbocca in piazza il mortorio della misericordia, con i Fratelli incappucciati di nero. Le fiamme fumose, rosee e nere, delle torcie illuminano passando le insegne dei negozi, nomi greci, turchi, spagnoli, arabi, ebrei, s'accendono, tornano in ombra. Un odore di spezie, di rahatlokum, di tabacco, di pece, di rhum, di baccalà, di zibibbo, si addensa sotto i portici. Gruppi di mozzi giocano a tamburello davanti alla Botte Ritta, o attorcigliano il pocchio sulla nuca rasata dei Quattro Mori, o ruzzano fra le gambe dei marinai seduti con le spalle al muro a fiutare l'odore di cacciucco che viene dalla Casa Rossa, dalla Casa Verde, dalla Casa Bianca, sputando nell'acqua dove il cielo s'intorbida.
Le onde si rincorrono, un che di puerile è nei loro giochi, son come gli ultimi giochi dei bambini nelle piazze alberate, prima di andare a letto. Le chiome degli alberi gorgheggiano, si scuotono, lascian cadere foglie e piume. Velieri in ritardo scivolano nel porto già buio, lo sciacquio delle onde contro la chiglia sembra il fruscio di una sottana di seta, tutta la città s'empie a poco a poco di un fruscio di sottane. Nelle stanze al primo piano le ragaz-

ze si spogliano adagio adagio accanto agli alti letti, si sciolgono i busti di raso, le belle cinture ricamate d'oro, alzando le braccia, e di sotto l'ascella guardano fuori dalla finestra il mare nero sotto il cielo sempre più chiaro. La notte giovane e sorridente, dai capelli attorcigliati sotto le tempie, sembra una testa di donna affacciata al davanzale dell'orizzonte. Nell'arco della fronte gli astri si accendono a uno a uno, e i lumi verdi e rossi del porto. Il sorriso della giovane notte a poco a poco si spegne, la città s'illumina a un tratto, e solo s'intravede sul mare lontano il fioco bagliore di quel roseo viso notturno.

XVI

O livornesi che sempre state
alla vela al remo al timone
tanto vento voi respirate
che avete il culo chiacchierone.
(L'Arcitaliano)

Se fossi un livornese, di quelli veri che dicono «deh» e parlano a mano aperta, muovendo le dita, come per far vedere che nelle loro parole non c'è imbroglio, vorrei star di casa in qualche Scalo della Venezia. Non già nei quartieri, nelle piazze, nelle strade disegnate con la matita dolce, con l'aiuto di squadra e di compasso, dagli ordinati e generosi architetti dei Granduchi, ma in questo quartiere che i livornesi chiamano La Venezia, qui nel cuore della vecchia città, a due passi dalle Carceri, dal Monte Pio, dai Bottini dell'Olio. Che bella vita sarebbe, che vita semplice e felice!
Non però così semplice come parrebbe a prima vista. E innanzi di cominciar la mia giornata vorrei riposarmi della lunga notte, riposarmi di quella grande e dolce fatica che a Livorno è il sonno.

Di mattina, verso le dieci, mi metterei a sedere su qualche barcone, o sul parapetto di qualche ponte: a sedere, naturalmente, al modo dei livornesi, i quali son più gelosi e fieri delle loro gambe che i fiorentini del loro naso. Vogliono muoversi, camminare, correre, girare il mondo: e son come l'acqua, se sta ferma stagna. Ma a differenza di molti altri popoli, i livornesi non sono acque chete, non diventano mai palude. Finché avranno di queste belle gambe, non c'è pericolo che l'acqua imputridisca nei canali della Venezia.

Guardateli quando vengono a sedersi qui, di sera o di mattina: stendono le gambe adagio adagio, e intanto con mano lieve e cauta vanno lisciandosi i ginocchi, gli stinchi, i calcagni. Poi si guardano le dita dei piedi macchiati di catrame, e t'accorgi che muoion dalla voglia di toccarsele, di provar che suono dànno, come fa il pianista coi tasti, di far scattare l'alluce bitorzoluto come fosse il grilletto di un fucile. Ed è, questo, un modo comune a tutti i marinai del mondo, razza singolare che passa la vita a sciogliere e ad ammainar vele, ad arrotolare cime, a friggere pesci, a rammendar reti, e ad accarezzarsi i piedi.

Ogni giorno, verso quest'ora, le strade della Venezia si van popolando di ragazzi, di cani, di gatti, che giocano a rincorrersi, di marinai che tirano carretti carichi di cordami e di barili di pece, e si fermano ogni dieci passi, s'appoggiano alle stanghe, si curvano a prendersi un piede in mano, scambiando voci, più che parole, con i mozzi accoccolati sulle prue dei barconi.

Il mare è senza lische
e ci puoi camminà.

È una donna che canta, affacciata alla finestra di una casa gialla, nel Viale Caprera. Un gran viale, l'unico al mondo che non abbia un albero. Pare piuttosto una piazza, un immenso cortile. Le case altissime, dalle facciate tinte di un intonaco biondo, dove il rosa e il verde si confondono, splendono al sole con riflessi d'oro e di verderame, come l'acqua dei canali sparsa di chiazze d'olio. Le persiane hanno il colore delle foglie secche, son pallide e polverose. Un senso di nobiltà un po' stanca, di libertà popolaresca, è nell'architettura aperta e liscia di queste case, le più belle del Mediterraneo. Vedi affacciarsi alle finestre bambine e ragazze dai capelli arruffati, odi risa e voci, vecchi grammofoni cantar canzoni passate di moda, e i suoni, le parole, il tintinnio delle stoviglie si dondolano appesi al trapezio dei davanzali, rivelandoti il viavai delle faccende nelle cucine, nelle camere dai letti disfatti a prender aria.
Tutto il vero popolo di Livorno è qui, in queste case, in queste strade, a far la guardia alle sue chiatte, ai suoi fondachi, alle sue cataste di botti, al suo odore di catrame e di pesce fritto. Laggiù è l'Ufficio dei Bottini dell'Olio, in quella casa dalla facciata d'oro smunto, dove la grande lapide di Cosimo III riecheggia solenni toni d'antica eloquenza: « *ne quid in hoc Mediterranei emporio...* ». È proprio qui, intorno ai « *publica olei receptacula* », ch'è raccolta la vecchia, sincera, tradizionale Livor-

no. Sul muro è scritto col carbone: «Viva l'Italia! Viva Livorno! Viva noi!». E quanto è livornese quel «Viva noi!», quanta tranquilla sicurezza in quel grido del cuore, quale storica verità in quella sentenza. Un popolo felice, naturalmente felice. Cui le leggi non fanno ombra, né impaccio, cui non dà noia la paterna cura dei Granduchi, né lo stile mozartiano della loro politica. Sulla porta dell'Orfanotrofio c'è ancora la lapide dettata dal Granduca Francesco, «*publicae felicitatis propagator*». Grande ambizione, quella d'esser propagatori della pubblica felicità. Quale nobile specie di monatti! Ma io credo che Livorno sia sempre stata la più felice città della Toscana, e proprio a dispetto dei Granduchi: i quali non si sa bene se fossero più orgogliosi o più sospettosi di quella felicità popolare.
La Venezia è il cuore della felicità livornese. A due passi di qui le Carceri, con le loro inferriate, i loro muri bianchi, i gruppi di donne e di ragazzi davanti alla porta che aspettano d'entrare, come se andassero a far visita a qualche parente ammalato. Qui accanto è la bella chiesa che si affaccia sulla piazza Giordano Bruno, e in un angolo della piazza il piedestallo, vuoto, del monumento all'autore del *Candelaio*: e vien fatto di pensare che Giordano Bruno sia andato a fare una passeggiatina giù verso lo Scalo del Vescovado, a parlar con le ragazze sedute sulla spalletta del Ponte di Marmo, o in Via delle Acciughe, (mette sete a

passarci), o in Via della Venezia, a bere una «torpedine» al Bar Transatlantico, un bar che è una vecchia osteria piena di odor di bottarga. Cara Venezia, senza lagune, senza gondole, senza zendadi, una Venezia dove le calli si chiamano Scalo della Barchetta, del Refugio, del Monte Pio, del Pesce, degli Isolotti, delle Ancore.

L'aria par tatuata: le rondini stridono saettando da tetto a tetto, i raggi del sole s'incrociano con i fili di ferro stesi da finestra a finestra, dove i panni sventolano ad asciugare. Strilli, risa, pianti di bambini, latrar di cani, e lo sciabordare dell'acqua, il cigolìo delle chiatte, le persiane che sbattono nel maestrale, tutti questi rumori e queste voci s'incidono nel cielo come tatuaggi. Se alzi il viso, vedi disegnate nell'aria trasparente teste di moro, àncore, botti d'olio e barili d'acciughe, vele, parrucche granducali, pipe di gesso, chiglie che dondolano sull'alta marea, e isole che tramontano in nuvole verdi. È già l'ora di desinare, i fondachi son chiusi, le porte son chiuse, le finestre son chiuse. Ed ecco, dopo il pasto frugale, tornano i marinai a sedersi qui, e a farsi la dormitina, camminando a piedi scalzi, dondolandosi sugli enormi alluci divaricati, e non sai se abbiano attraversato la strada, o il mare. Si mettono a sedere guardandosi con amore le belle gambe liscie e muscolose. S'apre una finestra, una ragazza si sporge, e getta un grido. A quel grido cento finestre si spalancano

tutte insieme, cento ragazze s'affacciano, i gomiti appoggiati sul davanzale, e par che da un momento all'altro una musica si debba levare di dietro le quinte delle case. La luce stessa, che dall'oro dell'intonaco rimbalza nel rosso acceso di quella casa laggiù, sullo Scalo del Vescovado, batte nel verde delle persiane, traendone note lunghe e delicate.
Poi le finestre si vuotan di colpo, si fa un gran silenzio, comincia la siesta, e volgendomi verso lo Scalo delle Ancore, là in fondo, sulla facciata di una casetta color d'oro, dalle finestre basse chiuse da inferriate (c'è un muro davanti, e nel muro un cancello: pare un convento, una prigione, un fondaco), leggo stampato a lettere enormi, pulite e nere, senza sbavatura, PANE QUOTIDIANO. (È forse un'insegna? O forse il nome di un istituto religioso di beneficenza?). E non stupisco di quella sentenza, precetto morale assai più che preghiera. Poiché questa è la legge della Venezia livornese, dove tutti son felici, quartiere di marinai che vanno per il mondo a guadagnarsi il loro pane quotidiano, sul loro mare quotidiano.

XVII

I toscani son la cattiva coscienza d'Italia.

Se dovessi disegnare un ritratto dei toscani, li dipingerei con colori magri: non sbiaditi intendo, ma magri. E forse non li dipingerei a olio, benché in Toscana l'olio sia buono: ne farei, piuttosto, una punta secca.

L'ovale del viso lo inciderei con un tratto solo, dalla tempia alla punta del mento, senza incertezze, né pentimenti, né sbavature. Alla maniera di Giotto, di Masaccio, di Sandro Botticelli. Non già alla maniera di Michelangelo, che disegnava i fiorentini come fossero romani di Trastevere, e gonfiava i visi, li imbottiva di fave al guanciale e di cannellino, ingrossava la fronte, le sopracciglia, le labbra, faceva gli occhi tondi e sporgenti, il naso forte, muscoloso, la mascella dura, il mento barocco, i capelli arruffati da qualche vento iracondo e borioso, forse lo scirocco: che è un vento giallo e sudaticcio e, come dicono a Orbetello con voce siciliana, « fa l'aria scura e fete di formaggio ».

Le labbra le farei sottili, come le fanno i pittori fiorentini, e strette e chiuse. Gli occhi fermi, un po' obliqui, alla maniera etrusca, che guardan di traverso, o, dirò meglio, di lato, senza girare il collo: essendo i toscani il solo popolo al mondo che guarda diritto anche quando guarda di lato, e guarda di lato senza guardar di traverso. La fronte alta, a piombo, il mento a punta, aguzzo e insieme liscio, segno di spregio e di malizia. I polsi sottili, le mani ossute, dalle lunghe dita. Il ventre incavato, i fianchi alti e snelli, le gambe ben tornite, dove il ginocchio sia lontanissimo dalla caviglia. Il petto largo, senza gonfior di muscoli, e così le braccia, lunghe e asciutte, tonde alle spalle, e dai gomiti acuti: perché in Toscana i gomiti servono non già, come altrove, a farsi il segno della croce, ma a fare alle gomitate. E gli orecchi piccoli, sottilissimi, in forma più di foglia che di conchiglia: da gente che intende col cervello, o, come direbbe il Sacchetti, col « cerbacone », non con gli orecchi. E poi, le mele strette.

Poiché i toscani non appartengono alla razza di quelli, che voltano alla storia un sedere tondo e grasso, e vorrebbero dare a intendere che la storia la fanno loro. Sarà anche vero che la fanno loro: ma col sedere. Che è il modo italiano tradizionale, e il più comodo, di far la storia, un modo, direi, prudentissimo. Ma se tutti gli italiani fossero, come i toscani, di mele strette, (il che vuol dire che non si fidano di nessuno, nemmeno degli amici), potrebbero senza timore voltare il sedere alla storia, e non correrebbero così quei grandissimi pericoli che ogni tanto, per colpa loro, tutti corriamo.

O italiani grassi che usate abbracciarvi l'un l'altro, e prendere tutto in facile, e veder tutto roseo, e tutto quel che fate lo gabellate per eroico, e vi credete virtuosi, e avete la bocca piena di libertà mal masticata, e pensate tutti a un modo, sempre, e non v'accorgete d'esser pecore tosate. O italiani che non amate la verità, e ne avete paura. Che implorate giustizia, e non sognate se non privilegi, non invidiate se non abusi e prepotenze, e una sola cosa desiderate: esser padroni, poiché non sapete essere uomini liberi e giusti, ma o servi o padroni. O poveri italiani che siete schiavi non soltanto di chi vi comanda, ma di chi vi serve, e di voi stessi; che non perdete occasione alcuna di atteggiarvi a eroi e a martiri della libertà, e piegate docilmente il collo alla boria, alla prepotenza, alla vigliaccheria dei vostri mille padroni: imparate dunque dai toscani a ridere in faccia a tutti coloro che vi offendono e vi opprimono, a umiliarli con l'arguzia, il garbato disprezzo, la sfacciataggine allegra e aperta. Imparate dai toscani a farvi rispettare senza timor della legge, né degli sbirri, che in Italia tengon luogo della legge, e della legge son più forti. Imparate dai toscani a sputare in bocca ai potenti, ai Re, agli Imperatori, ai Vescovi, agli Inquisitori, ai Giudici, alle Signorie, ai cortigiani d'ogni specie, come si è sempre fatto in Toscana, e si fa tuttora. Imparate dai toscani che « *un uomo in bocca a un altro non s'è mai visto* », che « *un uomo vale un altro, e anche meno*». Imparate dai toscani che non c'è nulla di sacro a questo mondo, fuorché l'umano, e che l'anima di un uomo è uguale a quella di un altro: e che basta sapersela tener pulita, all'asciutto, che non pigli polvere né umido, come sanno i toscani, che dell'anima propria son gelosissimi, e guai a chi gliela volesse sporcare, o umiliare, o ungere, o benedire, o impegnare, affittare, comprare; e che vi sono anime femmine e anime maschie, e che le anime dei toscani son maschie, come si vede da quelle che escon di bocca ai morti nel Camposanto di Pisa: il solo camposanto che sia al mondo, tutti gli altri son cimiteri. Imparate dai toscani a non temer l'odio della gente, né l'invidia, il livore, la superbia, a non temer nemmeno l'amore. Imparate a rispondere alla malvagità coi calci bassi, al sospetto con i morsi alla gola, ai baci sulla guancia con le dita negli occhi.

Imparate dai toscani a stimare un onore il male che dicon di voi. E tutti dicon male di noi toscani, e non ci vogliono, e ci tengono a bada, sol perché siamo, e a ragione, crudeli e faziosi, cinici e ironici; perché abbiamo il sangue caldo e la testa fredda; perché siamo nati proprio e soltanto per dire quel che agli altri non piace sia detto; perché non ci pentiamo delle nostre cattive azioni per non doverci pentire anche delle buone; perché godiamo nel met-

tere a nudo i fignoli, i bitorzoli, i bubboni, le ossa storte, gli occhi guerci, e non tanto quelli degli altri, quanto i nostri; perché siamo i soli, in Italia, che pur nel vivo delle fazioni, delle sommosse, delle mischie, degli ammazzamenti, non perdiamo mai la testa, i soli che ci scaldiamo a freddo, e a un certo punto ammazziamo non per la ragione che non ne possiamo fare a meno, o che ci piaccia ammazzare, ma per la ragione che è l'ora di farla finita, e di andare a desinare; perché siamo pallidi e non chiediamo perdono a nessuno, e dimentichiamo più presto i beneficii che le offese, e non perdoniamo chi non ha paura di noi.
E sopra tutto perché noi toscani siamo la cattiva coscienza d'Italia.

E questo che io dico, che siamo la cattiva coscienza d'Italia, non è un'offesa, ma un elogio dei toscani. Poiché ogni uomo, come ogni popolo, se non vuole addormentarsi nell'àdipe, e affogar nella retorica, ha bisogno di qualcuno che gli dica in faccia quel che si merita, quel che tutti pensano di lui e nessuno osa dirgli, se non dietro la schiena e a voce bassa. Quel che salva un uomo, o un popolo, è la sua cattiva coscienza, non la coscienza tranquilla: e questo è particolarmente vero in Italia, dove la storia non è intesa se non come panegirico, e tutto, anche i tradimenti, le fughe, le vigliaccate, diventa materia di lode e di trionfo.

E non è colpa, o italiani, ma merito nostro, se la cattiva coscienza non vi fa dormire, se vi fa smaniare e voltar nel letto tutta la notte: non è colpa, ma merito nostro, se avete paura dell'inferno.

Il solo, fra tutti i popoli, italiani e stranieri, che non abbia paura dell'inferno, il solo che abbia con l'inferno continui e familiari rapporti, sono i toscani. I quali da tempo immemorabile hanno sempre viaggiato in quel paese, e tuttora lo percorrono, come se viaggiassero in casa propria. Vanno e vengono dall'inferno quando piace a loro, e nel più semplice modo: a piedi, in calessino, in bicicletta, come se andassero a fare un giro per il podere. E proprio questi loro viaggi, (non si creda che Dante sia stato il primo, e l'unico, a scender vivo all'inferno, e a tornarsene vivo), li confermano ogni giorno nella tradizione antichissima che il mondo oltreterreno è fatto tale e quale come la Toscana, che il paesaggio, i costumi, gli umori, vi son press'a poco gli stessi, e che le cose di là son come quelle di qua. Talché, se un viaggio in inferno è come un viaggio in Toscana, è vero anche il contrario. Non per nulla essi chiamano l'inferno semplicemente « quel paese », come se si trattasse di Peretola, di Campi, di Altopascio, o del Mugello, del Chianti, della Val di Chiana. E andare, o mandare gli altri, a quel paese, è per i toscani cosa d'ogni momento, e facilissima: sono i soli, infatti, che conoscon la strada, e i soli che possano insegnarla agli altri.

Che bel paese, l'inferno! E veramente se qualcuno volesse immaginarselo com'è, non potrebbe figurarselo diverso dalla Toscana: con quest'aria stessa, questi alberi, questi monti, questi campi, queste case, queste città; e questa gente. Tutto magro, schietto, preciso, tutto chiaro, tutto in ordine. E la gente vi è proprio come in Toscana: arguta, ironica, bizzarra, rissosa, e «gavazziera», cioè amante della beffa, come il Sacchetti fa dire al giudice in quella sua novella del Ribi: «*questi toschi ci sono tutti gavazzieri*».

La patria ideale di ogni toscano non è il Paradiso, ma l'inferno: soltanto laggiù si sente a casa sua, fra gente come lui, fra pari suoi, soltanto laggiù può esser gavazziere a suo piacere, e ridere di tutto, beffarsi di tutto e di tutti, specie della gloria del mondo: non di quella dell'altro mondo, alla quale sa di aver diritto, per natura e per cittadinanza. Poiché ride d'ogni cosa e d'ognuno, ora con malizia, ora con malignità, sempre senza indulgenza; feroci le sue burle, crudeli i suoi scherzi; sottili i suoi inganni, tessuti pazientemente fra quattro mura; ma le sue pazzie hanno per teatro la piazza, tutte le sue passioni essendo pubbliche, voglio dir che son cosa pubblica. Eppu-

re non v'è popolo al mondo più segreto del toscano.
Non piange mai. Dico che non piange mai. Nemmeno per rabbia. Quando l'ira lo acceca, chiude gli occhi per veder meglio. Non ha, come gli altri popoli, tempo da perdere: ma sa aspettare. La sua violenza è fredda: ferisce con mano pallida e diaccia. Ma muore urlando e bestemmiando, o ridendo in terribile modo. Non è di quelli che muoiono in silenzio. L'odore del nemico morto lo inebria: eppure il trionfo lo delude, lo muove al riso. E non si sa se rida del nemico morto, o di sé vivo, e degli altri vivi. Poiché il suo riso è raramente segno di animo lieto e sereno: più spesso d'odio, di dolore, o di disperazione. Tuttavia sa essere arguto come pochi altri: sebbene la sua arguzia non sia, come quella di molti altri italiani, ad esempio quella dei veneti, sottile e lieve, un gioco a fior di pelle: cosa facilissima ai veneti che han molta pelle. Ma difficile ai toscani, che son magri e di pelle stretta, così stretta che hanno sempre paura di restar con la ciccia fuori.
Quel loro vizio, di tagliarsi l'un l'altro la pelle addosso, nasce non tanto dal fatto che sono avari della pelle propria, quanto dal fatto che sono avidissimi di quella altrui. Ma anche della decantata avarizia dei toscani si deve dire il giusto: sono il solo popolo al mondo che, quando muore, si porta il suo denaro con sé fin nell'inferno; ed è perciò ragionevole che

ne tengan conto da vivi. In Toscana, i soldi fan comodo: e faran comodo certo anche in inferno, che è lo specchio della Toscana.

Già gli stessi antichi, insospettiti da questo continuo andirivieni fra la Toscana e l'inferno, credevano che i toscani fossero un popolo infernale. È stato infatti un dio in forma di bambino, sbucato di sotterra fra i piedi di un contadino che vangava il suo campo, (una specie di bambino vecchissimo, dalla pelle rossa e tenera tutta grinze e rughe), a rivelare ai primi toscani i segreti della vita e della morte. Ma l'infernale natura dei toscani non appare soltanto nelle necropoli etrusche, né in quei precetti religiosi, morali e civili, raccolti nei *Sacra Acheruntia*, che sono il loro Antico Testamento, né nella loro letteratura, a cominciare dal gran libro di Dante, né nell'arte loro: bensì nella loro esistenza di tutti i giorni, nella loro saggezza e nelle loro pazzie, e massimamente in quella loro virtù di saper guardare dentro le cose, nell'interno delle cose: voglio dire nell'inferno delle cose.
Stranissimo popolo, il toscano: inquieto e inquietante; la saggezza del quale sta di casa più di là che di qua, è una conoscenza delle cose vietate, un ripensamento della vita oltreterrena, un continuo disprezzo delle cose di questo mondo, di cui tuttavia sa godere come pochi altri. Avete mai incontrato un toscano

che sia contento di sé e del suo prossimo, che non pensi male di sé e degli altri, che dietro ogni pensiero e ogni sentimento non cerchi un pensiero nascosto, un sentimento segreto? che nel bene si accontenti solo del bene, e nel male solo del male? Avete mai conosciuto un toscano che si appaghi della natura terrena, che sia felice con gli alberi, con le pietre, le acque, le erbe, le nuvole, gli animali? Avete mai incontrato un toscano che si accontenti degli aspetti delle cose, e per così dire del loro viso, del loro senso apparente, e non cerchi e non veda in loro il loro spettro, quel che si nasconde dentro le cose, nell'*inferno* delle cose sensibili? (I toscani non credono se non nella realtà, specie in quella realtà, assai più vera e reale di quella fisica, che è lo spettro della realtà; tutta la vita terrena non è che lo spettro di quella infernale: la terra è popolata di spettri d'alberi, di monti, d'uomini, di animali; ma i toscani sono i soli che abbian occhi per vederli). Un toscano che non renda corposo, tangibile, ogni pensiero, ogni sentimento, ogni idea della natura? Un toscano che non sia capace di ridurre il mondo, l'intero mondo, entro le frontiere di un verso, di un lembo di tela, di un blocco di marmo, in un'architettura, in un ordine di mattoni e di pietre? Avete mai incontrato un toscano, il quale ignori i rapporti sotterranei, segreti, che reggono gli elementi, le cose, i fatti, e gli esseri fra loro?

Gioia o tristezza, tutto è pretesto a libertà, per i toscani: poiché tanto la loro allegria, quanto la loro tristezza, se avviene che siano lieti o tristi, non hanno rapporti, se non casuali, con la vita terrena, e son profondamente diverse da quelle degli altri italiani, specie degli italiani che vivono a mezzogiorno del Tevere, in cui la gioia e la tristezza sempre si riportano alle cose terrene, sono un ripensamento continuo dei mali e dei beni della vita, di questa vita, dell'amore, della fame, della morte, e sempre sono un pretesto a schiavitù. Perfino il pensiero dell'amore è in loro soggetto al pensiero della morte, che crudelmente ogni ora li opprime, talché l'amore è in loro quasi sensuale compiacenza degli esseri in disfacimento, dei corpi che si corrompono, delle cose morte, e dei lamenti, delle lacrime, del pianto. Si direbbe che i popoli di quella parte d'Italia amino quella loro schiavitù, quel sentirsi in ogni momento soggetti al pensiero della morte: la loro gentilezza nei rapporti con la miseria e il dolore è grandissima, e sempre sono dolci e cortesi nella loro tetra malinconia, che i canti d'amore, il sorriso, e lo sguardo acceso non riescono a ingannare.
Ma guardate i toscani, guardateli in faccia: hanno tutti l'aria di sbucar di sotterra proprio in quel momento, di tornare allora allora da uno dei loro soliti viaggi in inferno. I soli testimoni dell'inferno, di quel libero mondo oltreterreno, i soli testimoni vivi, son loro. E

senza la loro testimonianza del mondo dei morti, nessuna comprensione sarebbe possibile del mondo dei vivi e delle cose vive, né della libertà umana.

Chi ritorna vivo da quello straordinario viaggio, non può più guardare il mondo con gli occhi di prima. Non vede più le cose nei loro mutevoli aspetti, ma nella loro segreta natura. Tornerà mutato: tornerà libero, un uomo libero, nel senso più profondo. Poiché la libertà non è altro che la conoscenza del rapporto fra la vita e la morte, fra il mondo dei vivi e quello dei morti.

E quali uomini son più liberi dei toscani? Sanno che nulla si sconta, di quel che si fa sulla terra. Nulla si sconta in inferno. Dove le ingiustizie terrene sopravvivono, dove la vita umana continua con tutte le sue miserie e le sue povere grandezze. I toscani credono più nei bilanci, nei conti del dare e dell'avere, nei libri mastri, nella prudente amministrazione dei fondachi, dei banchi, e dei poderi, che nella giustizia oltreterrena riparatrice dei torti. Sanno che l'uomo libero non deve aspettarsi giustizia, con l'aiuto di Dio, se non da se medesimo. Ed è qui l'origine della loro aspra, crudele, implacabile faziosità.

V'è perciò chi afferma che i toscani non credono in nulla, che non han fede né religione. E anche se fosse vero, che ci sarebbe di male? È forse proibito non credere in nulla? È forse, anche la religione, materia di polizia? I

toscani non credono che in quel che toccano: e sono i primi a credere in Dio, quando riescono a toccarlo con mano. E ci riescono spesso, per non dir tutti i giorni.
In quanto all'accusa, che i toscani non portan rispetto a nessuno, nemmeno a Cristo, scusandosi col dir « non lo conosco », sarebbe vera se fosse vera. Il fatto è che non solo lo conoscono, ma lo conoscono bene. Bisogna convenire, a esser giusti, che dell'eccessiva familiarità, con la quale lo trattano, un po' di colpa ce l'ha anche Cristo. Se non voleva che gli mancassero di rispetto, doveva fare a meno di trattar la gente a quel modo. Poiché quello che, in fondo, gli rimproverano i toscani, (e sono i soli, fra tutti i popoli, che abbiano la lealtà di dirglielo in faccia), è di non aver avuto pazienza, e di essere volato in cielo alla prima occasione, lasciando il genere umano nei pasticci.
Così non è da meravigliarsi, né da scandalizzarsi, se parlano dell'ascensione di Cristo non altrimenti da come, in una novella del Sacchetti, ne parlava quel vescovo dell'Ordine dei Servi, che in una sua predica in Firenze calcolava la velocità con la quale Cristo era volato in cielo: quasi si trattasse di un nuovo tipo di aeroplano. E bisogna convenire che, per quei tempi, quello era un tipo nuovissimo, mai visto. La verità è che la fede dei toscani è « molto ampliata », come dice il Sacchetti: e volesse il cielo che in tutta Italia la fede fosse così « ampliata » come in Toscana.

Volesse il cielo che Cristo fosse nato in Toscana, magari a Prato, a Peretola, a Campi: è certo che tutto sarebbe andato a finir bene, e che Cristo sarebbe ancora vivo fra noi. Non c'è toscano che non avrebbe fatto alle legnate per lui. Non vorrei dir cosa empia: ma sulla croce ci sarebbe andato a finir qualcun altro.

V'è poi chi accusa i toscani di non prender sul serio né gli eroi, né la così detta vita eroica, di essere assolutamente digiuni di quel che altrove chiamano eroismo. Benissimo: e con questo? Anche l'assenza di eroismo può essere una forma di eroismo, forse la più alta e la più difficile. In Italia, è più facile essere eroe, che uomo, è più facile far cose straordinarie, che cose ordinarie, alla portata di ognuno, cose di tutti i giorni. Ma quando anche i toscani si mettono a far cose straordinarie, non v'è chi li superi: il tutto sta che ci si mettano. E prima vogliono esser convinti che ne valga la spesa, che non sian faccende da grulli, e che la bandiera sia di bucato, e di stoffa buona.

Nei pericoli sanno far la parte loro, e non sono di quelli che vendon la pelle a buon mercato: anzi, la vendono così cara, che ci fan sempre un buon affare; ma senza boria, e senza retorica bolsa, perché odiano le cose gonfie. E se a uno di loro avviene d'esser veramente quel che si dice un eroe, se ne sta cheto e nascosto, per timore di quel che gli potrebbe accadere se si mettesse a far la ruota in piazza. Per la ragione che i toscani, come ho detto in principio, «*son chiacchieroni, ma di poche parole*»; il che significa, oltre il resto, che a loro piace più il fare che il dire, benché dicano assai. Credono più ai fatti, che non a coloro che li fanno, più agli uomini che agli eroi: razza, agli occhi dei toscani, ridicolosa.

L'erba del ridicolo la coltivano in tutti gli orti, l'annaffiano ogni giorno, la curano gelosamente: ed è cosa meravigliosa sedere insieme al fresco sotto una pergola, nelle sere d'estate, e mangiar di quell'erba in insalata, in compagnia con loro. Sanno esser piacevolissimi, arguti, pieni di garbo. Son gran signori, sempre, specie i contadini, gli operai, gli artigiani. In ogni cosa eleganti, il loro stile è semplice e raffinatissimo. Sono, senza dubbio, il popolo più civile del mondo: la loro cordialità, senza mai essere affettuosa, è sempre onesta e cortese. Non ti stanchi mai di ascoltarli: e non ti avviene mai di udir sulle loro labbra una parola volgare, una bestemmia, mai. (Se qualche volta bestemmiano, lo fanno a bassa voce, a malincuore, arrossendo, e solo rarissimamente, in caso di estrema necessità, e proprio se ci son tirati per i capelli. Bestemmiano solo quando Dio, o qualche Santo, ce l'ha personalmente con loro: il guaio è che Dio e i Santi, con loro, ce l'hanno sempre). Sono insomma, come tutti sanno, timidi, modesti, amabili, generosi e gentili. Ed è giustizia riconoscere che l'Italia, senza la Toscana, non sarebbe che un pezzo d'Europa.

Chi non credesse che noi toscani siamo fatti a questo modo, venga in Toscana. Si guardi intorno, guardi in viso le genti, ascolti come parlano: non per la loro parlata, ma per quello che dicono. Stia ad ascoltare il popolo minuto, i contadini, gli artigiani, i tessitori, i barrocciai, i lanaioli, i fiaccherai, i cenciaioli, gli osti, i briaconi, i frati, i preti, i ricchi e i poveri, le donne giovani e vecchie. Stia a sentire il Liccio, il Làchera, Bernocchino. E legga il Boccaccio, il Sacchetti, il Compagni, legga i cronisti e i novellieri, specie i minori. Gli verrà il sospetto che quei fatti, quelle vivissime storie d'ogni giorno, non siano altro che esempi: cioè fatti comuni a tutti, non al solo «particulare» di cui si narra. E non esempi solamente antichi, ma d'ogni tempo, e modernissimi. S'avvedrà che quelle sentenze, quegli scherzi, quelle beffe, sono così d'ieri come d'oggi. Che quell'irriverenza, quell'empietà, quella faziosa insolenza, sono di ciascuno, e non di uno solo, di tutti, e non di pochi.
Venga in Toscana, e ascolti i toscani ragionar della morte. Ne ragionano con piacevolezza, come soltanto san fare gli uomini liberi, e sono i soli al mondo che sappiano quanto il morire è cosa ridicola, e quanto più ridicola cosa

del morire è la paura della morte. Per questo, e sopra tutto per questo, sono uomini liberi: perché non hanno paura della morte.

Non ne hanno paura perché sanno che, in Italia, muoiono soltanto i grulli.

XVIII

I toscani hanno il cielo negli occhi, e l'inferno in bocca.

Apro la finestra, ed è primavera, chiudo la finestra, ed è primavera. Mi avvicino allo specchio: e l'immagine che si muove nella spera, (quei capelli grigi? quegli occhi stanchi? quella ruga sottile in mezzo alla fronte, quel riflesso verde delle persiane nella mano che mi tocca il viso?), è primavera a Prato, nella camera della Locanda del Caciotti di fianco alla facciata del Duomo, fatta, come una bandiera, di strisce di marmo bianco e di marmo verde di Figline. Ed è primavera a Prato il pèrgamo di Michelozzo e di Donatello, dove i putti tendono le mani a offrire il becchime ai piccioni tessitori, che fanno la spola fra il Duomo e il monumento al Mazzoni.

Apro la finestra, e il cielo che s'incurva remoto sulla piazza, sulla via Magnolfi, sulla valle del Bisenzio verde fra la Retaia gialla di ginestre e il nudo macigno dello Spazzavento, si rovescia nella stanza, appanna del suo fiato azzurro lo specchio là in fondo, la bottiglia di vetro piena d'acqua di Filèttole, il bicchiere vuoto, la pagina bianca sulla tavola macchiata d'inchiostro. È primavera a Prato, è ancora primavera: ma non sale più dalla piazza, come un tempo, la voce del Carnaccia in guerra con gli altri fiaccherai davanti alla Locanda, né il grido del venditore di cantucci e di buccellati, fermo col suo gran paniere sotto il braccio sulla cantonata della casa dov'è nato Filippino Lippi, né il richiamo del venditore di chìfelli all'angolo di via Agnolo Firenzuola, né le voci dolenti delle giovani pastore che scendevano all'alba dalla valle del Bisenzio per la Porta del Serraglio, con l'asse dei raviggiòli in bilico sulla testa, e i raviggiòli teneri e bianchi, che son formaggi freschi di latte di capra, distesi sui piccoli ventagli di paglia. Dove sono i tonfi dei telai a mano dallo stanzone del gobbo Passigli, il battere dei martelli dei ramai sul Mercatale, il fischio dei treni sull'alta muraglia della vecchia Stazione in fondo a via Magnolfi? Dov'è l'odore caldo dei chìfelli, dei cantucci, dei buccellati, dov'è lo strepito delle serrande della farmacia del Mazzinghi, sulla cantonata di via Garibaldi, che il vecchio commesso apriva voltando la faccia assonnata verso la pizzicheria del Calamai, sull'angolo del Corso? È primavera a Prato: ma Bernocchino, il più glorioso mendicante pratese, non entra più nella piazza del Comune strisciando i piedi nudi sul lastrico, la schiena curva sotto il peso del suo sacco pieno di cenci, di rottami di ferro e di ottone, di bottiglie vuote, il viso barbuto levato a contar le ore nell'orologio di Palazzo Pretorio. « O pratesi, ell'è l'ora d'ieri a quest'ora! » gridava Bernocchino, inginocchiandosi davanti alla statua di

Francesco di Marco Datini, «quello che ha inventato i debiti». E il Liccio, il rivale di Bernocchino, che non chiedeva l'elemosina, ma mezza lira o quindici soldi in prestito, e dava il resto della lira, non si lava più la faccia arguta nella fontana del Tacca, e il Brogi caffettiere, librato come una cicogna sul suo piede zoppo, non saluta più dalla soglia del Caffè del Bacchino il sindaco Giocondo Papi che s'avvia verso il Comune, il Dottor Billi che scende verso lo Spedale Misericordia e Dolce, il notaro Camillo Dami, dal viso di bonzo cinese tutto butterato dal vaiolo, che s'incammina verso il suo studio in via Lambertesca, e il Cavaciocchi impannatore, e il Perini avvocato, e il Martini tipografo, che s'incrociano sulla piazza salutandosi ad alta voce. E dov'è l'odore d'erba fresca che giungeva dalla piazza San Francesco, dove si fermavano le diligenze di Poggio a Cajano, di Galciana, di Grignano, di Jolo, di San Giorgio in Colonica, di Paperino? I cavalli nitrivano tuffando il muso nei fasci d'erba verde, tutta fiorita dei rossi occhi del trifoglio. Dov'è l'odore delle stiacciate e delle mantovane calde, che giungeva dal forno di Mattonella?

È primavera in Piazza del Duomo, in Piazza del Comune, nelle piazze del Grano, delle Bigonce, del Mercatale, di San Domenico, di Sant'Agostino, della Madonna delle Carceri, è primavera in tutte le vie che dalla piazza del Comune vanno verso le cinque porte di Prato,

Porta Santa Trìnita, Porta Fiorentina, Porta del Mercatale, Porta del Serraglio, Porta Pistoiese: ma Bino Binazzi non apre più l'alta finestra a mirar sui tetti le prime rondini tessitrici, che fra il Palazzo Pretorio e le torri dei Dagomari e dei Guazzalotri tessono il cielo pratese dalla trama azzurra e dall'ordito rosa.

L'aria in piazza Ciardi, fuor di Porta del Serraglio, dove si fermavano le diligenze di Vaiano, di Vernio, di Santa Lucia, di Montemurlo, di Figline, non sa più di baccalà e di ceci a mollo, di minestra di magro, di fagioli cotti al forno nelle pentole di terra: e i tegoli mandavano al primo sole un odore caldo di pane appena sfornato, nella mattina acerba che tingeva di rosa gli olivi di Filèttole, i cipressi delle Sacca, i pini di Galceti. I vetturini stavano a gambe larghe in mezzo alla piazza, con la frusta nel pugno, in quell'odore polveroso di cenci, di fieno, di pesce secco, di sudor di cavallo, che era l'odore di Prato a primavera.

E giù dai Bachilloni veniva Agènore, il barrocciaio cieco, il viso bruciato dall'acido solforico di una damigiana che gli s'era rovesciata addosso il giorno ch'era finito col barroccio nel fosso del Gatti pastaio, presso San Martino: veniva schioccando la frusta, la sua amica frusta fedele, per farsi largo allegramente, e con voce triste, con voce affettuosa, salutava per nome a uno a uno i barrocciai che sbucavano di sotto il ponte del Serraglio avviandosi su per la valle del Bisenzio, e i suoi antichi compagni a uno a uno gli rispondevano chiamandolo per nome, ed era primavera in quelle voci, in quello schioccar di fruste, in quel viso bruciato dall'acido, in quegli occhi ciechi pieni di rossa carne viva.

Tutto era primavera, allora, e tutto è ancora primavera, a Prato: e basta che io chiuda gli occhi per riudire intorno a me quelle voci di un tempo, quei lieti rumori, quel cigolio di barrocci, quel frusciar di piedi nudi sul lastrico, quel chiamarsi da porta a porta, da finestra a finestra, da cantonata a cantonata. Basta che io chiuda gli occhi per riudir dal fondo di via dei Tintori le lunghe pertiche rimestar nelle conche, e gli stallini parlare a voce bassa nell'orecchio ai cavalli, e la lupinaia sull'angolo del Vescovado vantar le bellezze dei suoi lupini, «son capezzoli di bambina! son capezzoli di bambina!», e il chiccaio cantar le lodi dei suoi duri di menta e dei suoi «mangia e bevi». Basta che io chiuda gli occhi per udir quelle voci antiche confondersi con le voci d'oggi più alte, più acute, e il cigolio dei barrocci mescolarsi con lo strepito dei motori: e per sentirmi il sole girare intorno, dalla spalla destra alla spalla sinistra, e a poco a poco alzarsi, sostare immobile a picco sui tetti, a poco a poco declinare verso la rossa foresta del tramonto.
È questa la sera antica, l'antica sera di primavera a Prato: ed ecco nascere nell'aria tiepida

le voci e gli odori di un tempo, la voce della Baccia sull'angolo di via Agnolo Firenzuola e l'odore verde dei piselli sgranati nelle conche di rame, e dal fondo della piazza del Duomo le voci delle donne in fila davanti al forno del Davini ad aspettar le pentole di coccio colme di fagioli, e l'odor dei fagioli lessi. È l'ora in cui le fabbrichine escon di fabbrica con i capelli polverosi che san d'olio di macchina, e gli occhi sbarrati nel viso pallido, gli occhi che tutto il giorno han seguito la corsa pazza della spola di acciaio lucente, il suo batter la testa qua e là nel telaio, come fa un topo nella trappola. Cento volte il filo si è rotto, cento volte han fermato il telaio, raccolti i due capi, riannodato il filo, ridato l'avvio alla spola. Camminano col viso rivolto al cielo, muovendo le mani dolcemente nell'aria, sotto il volo radente delle rondini simili a spole impazzite, come per riannodare il filo che cento volte si rompe da grondaia a grondaia, da nido a nido.

È l'ora in cui gli operai, dopo una giornata di lavoro, hanno sete, e l'aria sa di vino annacquato. Nella fontana ch'è davanti al Duomo, nella fontana del Bacchino, nella fontana di San Francesco, l'acqua di Filèttole canta con la stessa voce, con la quale il Firenzuola cantava l'*elogio della bellezza delle donne pratesi*.

Tutto è gentile intorno, tutto è antico e nuovo: e odo i miei pratesi parlar nel toscano del Sacchetti e di Messer Agnolo, in quella parlata che suona viva e schietta come il greco di Senofonte. Un'attica serenità è nell'aria: e per un istante il Bisenzio è l'Ilisso, la Retaia è l'Imetto, il Castello di Federico è l'Acropoli. Poiché non v'è nulla al mondo che sia più greco di quel che è toscano, nessuno che sia più ateniese di un fiorentino, né più corinzio di un pisano, e nessuna città che tanto ricordi Micene quanto Volterra, e Argo quanto Siena, e Olimpia quanto Arezzo, e Epidauro quanto Lucca, e Tebe quanto Pistoia, e Tessalonica quanto Livorno. Né v'è città al mondo dove la vita familiare e sociale tanto ricordi la semplice, popolaresca vita dell'antica Atene quanto Prato, dove il popolo è traffichìno e letichìno come l'ateniese, e parla con tanta eleganza di spirito da parer Luciano, e con tanta estrosa pazzia da parere Alcibiade, e con tanto umore beffardo da parere Aristofane, e dove, se Socrate è Bernocchino, Diogene è il Liccio. Né v'è sale al mondo che tanto sia attico quanto il sale dei pratesi, non v'è nulla di più euclideo di quel loro misurare il mondo a braccia, come la stoffa, nulla di più anacreontico della piacevolezza con cui parlano di tutto ciò, di cui fuor di Prato, anzi fuor di Toscana, ogni altro uomo parla con sospetto.
Né si creda che sull'esempio di Messer Agnolo Firenzuola io paragoni i toscani agli anti-

chi greci sol perché son toscano, e i pratesi perché son pratese. Ma perché soltanto in Toscana una città è una *polis*, cioè un corpo libero, giusto, vivo, e i cittadini son cittadini. Perché soltanto in Toscana vive tuttora quel nobile e arguto spirito di libertà, che animava le repubbliche della Grecia, ed era spirito di libertà non solo in politica, ma nella filosofia, nell'arte, nella letteratura. E soltanto in Toscana l'antico e il moderno vivono insieme, in uno sposalizio di tutti i giorni e di tutte le ore, talché il viso, i gesti, gli atti, le parole, i sentimenti dei toscani d'oggi non contrastano, anzi s'accordano con l'antica architettura delle case, dei palazzi, delle chiese, col viso e i gesti delle statue di Donatello, del Pisano, di Jacopo della Quercia: e vi son toscani che assomigliano alla torre di Arnolfo, altri alla torre del Mangia, altri a Palazzo Strozzi, a Palazzo Pitti, al Bargello, altri ai ritratti dipinti dai pittori fiorentini e senesi, altri che assomigliano alla natura toscana, ai fiumi, ai laghi, ai monti, ai boschi, alla vite, al cipresso, all'olivo, che è il più greco degli alberi, il più chiaro, il più sereno, altri che assomigliano ai ciottoli dell'Arno, o dell'Ombrone, o del Serchio, o del Bisenzio, altri a quelli del Tevere, fiume che nasce toscano e certo finirebbe male, assai peggio di come finisce, se non fosse nato in Toscana. E vi son quelli che hanno il viso del color della terra di Lucca, altri della terra di Fiesole, di Pisa, di Arezzo, di Siena, o

della terra maremmana. Ma rari sono i toscani che assomigliano ad altri toscani. Rari e perniciosi. Poiché quando avviene, come sempre avviene, che s'incontrino fra loro quei toscani che fra loro si assomigliano, sùbito si ammazzano e nascono fazioni e stragi.
Ed è perciò gran fortuna che i toscani, come ho detto in principio, non abbiano somiglianza alcuna con gli altri italiani, perché ne sarebbero nate, e ne nascerebbero, fazioni e stragi: quando tutti sanno che i toscani non han mai fatto guerra agli altri italiani, ma si son sempre ammazzati fra loro, e non per la ragione che non proverebbero piacere ad ammazzare un italiano che non fosse toscano, bensì per il fatto che un italiano morto, a differenza di un toscano morto, non val nulla, val quanto un soldo bacato, e nessuno lo comprerebbe, nemmeno a peso. In una cosa, però, tutti i toscani si assomigliano fra loro: ed è nel colore degli occhi, che son chiari, dànno sul grigio, son del colore del cielo toscano. Dal che nasce l'antico detto, che «*i toscani hanno il cielo negli occhi*», al quale s'accompagna quell'altro detto antichissimo «*e l'inferno in bocca*».

Gli altri italiani, dunque, m'han da scusare se, nel dir bene dei toscani, ho avuto l'aria, talvolta, di dir male di loro: poiché se avessi detto bene dei toscani, che son gelosissimi, senza aver l'aria di dir male degli altri italiani, certo mi ammazzerebbero. Il che non mi conviene, considerando che un toscano morto val meno di un toscano vivo, e non basta a consolarmi quel che dicono i fiorentini, i quali pretendono che un toscano morto val più di tutti gli altri italiani vivi messi insieme.

Stampato dal Consorzio Artigiano «L.V.G.» - Azzate

PICCOLA BIBLIOTECA ADELPHI

ULTIMI VOLUMI PUBBLICATI:

320. René Guénon, *Scritti sull'esoterismo islamico e il Taoismo*
321. Giovanni Guidiccioni, *Orazione ai nobili di Lucca*
322. William S. Burroughs, *Il gatto in noi*
323. Ennio Flaiano, *Diario notturno*
324. Salvatore Satta, *Il mistero del processo*
325. Guido Morselli, *La felicità non è un lusso*
326. Julien Green, *Suite inglese*
327. Djuna Barnes, *Fumo*
328. Giovanni Macchia, *Manzoni e la via del romanzo*
329. Guido Ceronetti, *Tra pensieri*
330. Léon Bloy, *Dagli Ebrei la salvezza*
331. *La vita di Marpa il Traduttore*
332. Leonardo Sciascia, *L'affaire Moro*
333. Manlio Sgalambro, *Dell'indifferenza in materia di società*
334. Tommaso Landolfi, *Le labrene*
335. Alberto Arbasino, *Mekong*
336. Ludwig Klages, *Perizie grafologiche su casi illustri*
337. August Strindberg, *Il sogno*
338. Gerald Durrell, *Il naturalista a quattro zampe*
339. W.H. Auden, *La verità, vi prego, sull'amore*
340. Tommaso Campanella, *La Città del Sole*
341. Erwin Schrödinger, *Che cos'è la vita?*
342. Dolores Prato, *Le Ore*
343. Carl Sternheim, *Libussa*
344. Sto, *Qui comincia la sventura del signor Bonaventura*
345. Elias Canetti, *Il Testimone auricolare*
346. Karen Blixen, *Dagherrotipi*
347. Iosif Brodskij, *Marmi*
348. Geminello Alvi, *Uomini del Novecento*
349. W.H. Auden, *Shorts*
350. Giuseppe Rensi, *La democrazia diretta*
351. Martin Heidegger, *Lettera sull'«umanismo»*
352. Ma gcig, *Canti spirituali*
353. Manlio Sgalambro, *La consolazione*
354. Leonardo Sciascia, *L'onorevole - Recitazione della controversia liparitana dedicata ad A.D. - I mafiosi*

355. Roy Lewis, *Una passeggiata con Mr Gladstone*
356. Fëdor Dostoevskij, *Ricordi dal sottosuolo*
357. Cesare Garboli, *Il gioco segreto*
358. Tommaso Landolfi, *La pietra lunare*
359. Alberto Arbasino, *Parigi o cara*
360. Vladimir Nabokov, *Cose trasparenti*
361. Elémire Zolla, *Le tre vie*
362. Nina Berberova, *La sovrana*
363. Alan Bennett, *La pazzia di Re Giorgio*
364. Léon Bloy, *La Cavaliera della Morte*
365. René Guénon, *Gli stati molteplici dell'essere*
366. Sergio Quinzio, *Diario profetico*
367. Luigi Luca Cavalli-Sforza, *Geni, popoli e lingue*
368. Plutarco, *Le virtù di Sparta*
369. Marcel Jouhandeau, *Tre delitti rituali*
370. Simone Weil, *Lettera a un religioso*
371. Tommaso Landolfi, *Dialogo dei massimi sistemi*
372. Heinrich von Kleist, *Käthchen di Heilbronn*
373. Ennio Flaiano, *La solitudine del satiro*
374. William S. Burroughs, *La Febbre del Ragno Rosso*
375. Immanuel Kant, *Che cosa significa orientarsi nel pensiero*
376. Lev Tolstoj, *La morte di Ivan Il'ič, Tre morti e altri racconti*
377. Leonardo Sciascia, *Pirandello e la Sicilia*
378. Gerald Durrell, *Il picnic e altri guai*
379. Jeremias Gotthelf, *Il ragno nero*
380. Carl Schmitt, *Donoso Cortés*
381. Colette, *Il kepì*
382. Anselm von Feuerbach, *Kaspar Hauser*
383. Guido Ceronetti, *Cara incertezza*
384. William Faulkner, *Una rosa per Emily*
385. *La famosa attrice*, a cura di Cesare Garboli
386. Alberto Arbasino, *Lettera da Londra*
387. Tommaso Landolfi, *Il Mar delle Blatte e altre storie*
388. Alfred Döblin, *Traffici con l'aldilà*
389. Anna Maria Ortese, *Corpo celeste*
390. Arthur Schopenhauer, *L'arte di essere felici*
391. Fernando Pessoa, *Pagine esoteriche*
392. Adam Phillips, *Monogamia*
393. Zvi Kolitz, *Yossl Rakover si rivolge a Dio*

394. Giorgio Manganelli, *Le interviste impossibili*
395. C.S. Lewis, *Il cristianesimo così com'è*
396. Ivan Turgenev, *Mumù e altri racconti*
397. Antonio Gnoli-Franco Volpi, *I prossimi Titani*
398. V.S. Naipaul, *Una civiltà ferita: l'India*
399. Alberto Arbasino, *Passeggiando tra i draghi addormentati*
400. Leonardo Sciascia, *La Sicilia, il suo cuore - Favole della dittatura*
401. Lilian Silburn, *La kuṇḍalinī o L'energia del profondo*
402. Gershom Scholem, *Il Nome di Dio e la teoria cabbalistica del linguaggio*
403. *La preziosa ghirlanda degli insegnamenti degli uccelli*
404. Colette, *Julie de Carneilhan*
405. Elémire Zolla, *Che cos'è la tradizione*
406. Martin Heidegger, *Il concetto di tempo*
407. Henri de Latouche, *L'album perduto*
408. Edgardo Franzosini, *Bela Lugosi*
409. Sergio Quinzio, *I Vangeli della domenica*
410. Arthur Schopenhauer, *L'arte di farsi rispettare*
411. Albert Caraco, *Breviario del caos*
412. Ingeborg Bachmann, *Il dicibile e l'indicibile*
413. Aleksandr Puškin, *La dama di picche e altri racconti*
414. René Daumal, *Il lavoro su di sé*
415. Vladimir Nabokov, *L'occhio*
416. Tommaso Landolfi, *Tre racconti*
417. V.S. Pritchett, *Amore cieco*
418. Alberto Savinio, *Infanzia di Nivasio Dolcemare*
419. Alberto Arbasino, *Paesaggi italiani con zombi*
420. *Carissimo Simenon · Mon cher Fellini.* Carteggio di Federico Fellini e Georges Simenon
421. Leonardo Sciascia, *Cronachette*
422. Mehmet Gayuk, *Il Gineceo*
423. Luciano Canfora, *Il mistero Tucidide*
424. Jeremias Gotthelf, *Elsi, la strana serva*
425. Meister Eckhart, *Dell'uomo nobile*
426. Chiara d'Assisi, *Lettere ad Agnese · La visione dello specchio*
427. Simone Weil, *Lezioni di filosofia*
428. James Hillman, *Puer aeternus*
429. *Il libro dei ventiquattro filosofi*

430. Jakob e Wilhelm Grimm, *Fiabe*
431. W. Somerset Maugham, *In villa*
432. Elena Croce, *La patria napoletana*
433. Adalbert Stifter, *Il sentiero nel bosco*
434. Arthur Schnitzler, *Novella dell'avventuriero*
435. Rudyard Kipling, *Il risciò fantasma e altri racconti dell'arcano*
436. Manlio Sgalambro, *Trattato dell'età*
437. Arthur Schopenhauer, *L'arte di insultare*
438. V.S. Pritchett, *La donna del Guatemala*
439. Mazzino Montinari, *Che cosa ha detto Nietzsche*
440. François René de Chateaubriand, *Di Buonaparte e dei Borboni*, a cura di C. Garboli
441. Alberto Arbasino, *Le Muse a Los Angeles*
442. Eduard von Keyserling, *Afa*
443. Salustio, *Sugli dèi e il mondo*
444. Bruno Barilli, *Il Paese del melodramma*
445. Georges Bataille, *Il limite dell'utile*
446. Tim Parks, *Adulterio*
447. Ivan il Terribile, *Un buon governo nel regno*
448. Albert Ehrenstein, *Tubutsch*
449. Vladimir Dimitrijević, *La vita è un pallone rotondo*
450. Richard P. Feynman, *Sei pezzi facili*
451. Guido Ceronetti, *La carta è stanca*
452. Guido Rossi, *Il ratto delle sabine*
453. Nina Berberova, *Il quaderno nero*
454. Tommaso Landolfi, *Ottavio di Saint-Vincent*
455. Alfred Polgar, *Manuale del critico*
456. Jamaica Kincaid, *Un posto piccolo*
457. Arthur Schopenhauer, *L'arte di trattare le donne*
458. Alberto Savinio, *Tragedia dell'infanzia*
459. Nicolás Gómez Dávila, *In margine a un testo implicito*
460. Sergio Quinzio, *Religione e futuro*
461. Alan Bennett, *Nudi e crudi*
462. D.H. Lawrence, *La donna che fuggì a cavallo*
463. Lord Chesterfield, *Lettere al figlio*
464. Martin Heidegger, *Che cos'è metafisica?*
465. Plutarco, *Del mangiare carne*
466. Tommaso Landolfi, *La spada*
467. Hans Bellmer, *Anatomia dell'immagine*
468. René Guénon, *L'esoterismo di Dante*

469. Jorge Luis Borges, *Nove saggi danteschi*
470. Pierre-Jean Jouve, *Il Don Giovanni di Mozart*
471. Luciano Canfora, *Convertire Casaubon*
472. Adalbert Stifter, *Due sorelle*
473. Ferdinando Tartaglia, *Tesi per la fine del problema di Dio*
474. Ennio Flaiano, *Diario degli errori*
475. Giulio Cattaneo, *L'uomo della novità*
476. Alan Bennett, *La cerimonia del massaggio*
477. V.S. Naipaul, *Leggere e scrivere*
478. Aldo Buzzi, *L'uovo alla kok*
479. Arthur Schopenhauer, *Il primato della volontà*
480. Johannes Urzidil, *Di qui passa Kafka*
481. James Hillman, *L'anima del mondo e il pensiero del cuore*
482. Charles Simic, *Hotel Insonnia*
483. Ernst Weiss, *Jarmila*
484. Czesław Miłosz, *Il cagnolino lungo la strada*
485. Elémire Zolla, *Discesa all'Ade e resurrezione*
486. Evelyn Waugh, *Compassione*
487. Carl Schmitt, *Terra e mare*
488. Benedetto Croce, *Dal libro dei pensieri*
489. Tim Judah, *Guerra al buio*
490. Leonardo Sciascia, *I pugnalatori*
491. Alan Bennett, *La signora nel furgone*
492. Gershom Scholem, *I segreti della creazione*
493. Ennio Flaiano, *Autobiografia del Blu di Prussia*
494. Gerald Durrell, *Io e i lemuri*
495. Arthur Schopenhauer, *L'arte di conoscere se stessi*
496. Sholem Aleykhem, *Un consiglio avveduto*
497. W. Somerset Maugham, *Pioggia*
498. Martin Heidegger, *Il nichilismo europeo*
499. William Faulkner, *Privacy*
500. Roberto Calasso, *Cento lettere a uno sconosciuto*
501. Claude Debussy, *Il signor Croche antidilettante*
502. Leonardo Sciascia, *L'adorabile Stendhal*
503. Tommaso Landolfi, *Se non la realtà*
504. *La trappola della giumenta,* a cura di Wendy Doniger
505. Sholem Aleykhem, *Cantico dei Cantici*
506. Inoue Yasushi, *Il fucile da caccia*
507. Ennio Flaiano, *Le ombre bianche*

508. Tim Judah, *Saddam e le Sugababes*
509. Stefan Zweig, *Amok*
510. Constantinos Kavafis, *Un'ombra fuggitiva di piacere*
511. Franz Kafka, *Aforismi di Zürau*
512. Richard P. Feynman, *Sei pezzi meno facili*
513. Manlio Sgalambro, *De mundo pessimo*
514. Leonardo Sciascia, *Il teatro della memoria · La sentenza memorabile*
515. Ferdinando Tartaglia, *Esercizi di verbo*
516. Robert Walser, *Ritratti di scrittori*
517. Tommaso Landolfi, *Il principe infelice*
518. Nathaniel Hawthorne, *Venti giorni con Julian*
519. Tullio Pericoli, *La casa ideale di Robert Louis Stevenson*
520. E.M. Cioran, *Un apolide metafisico*
521. Friedrich Nietzsche, *Frammenti postumi, I*
522. Friedrich Nietzsche, *Frammenti postumi, II*
523. Giorgio Manganelli, *La favola pitagorica*
524. Charles Simic, *Il cacciatore di immagini*
525. Paolo Castaldi, *In nome del padre*
526. Guido Ceronetti, *La lanterna del filosofo*
527. Irène Némirovsky, *Il ballo*
528. Alberto Manguel, *Con Borges*
529. Carl Schmitt, *Teoria del partigiano*
530. Roberto Calasso, *La follia che viene dalle Ninfe*
531. Friedrich Nietzsche, *Frammenti postumi, III*
532. Cesare Garboli, *«Dom Juan» di Molière*
533. Willa Cather, *La nipote di Flaubert*
534. Isaiah Berlin, *La libertà e i suoi traditori*
535. Friedrich Nietzsche, *Frammenti postumi, IV*
536. Alberto Arbasino, *Dall'Ellade a Bisanzio*
537. Haniel Long, *La meravigliosa avventura di Cabeza de Vaca*
538. Benedetto Croce, *Un paradiso abitato da diavoli*
539. Paul Valéry, *Cattivi pensieri*
540. Giorgio Manganelli, *L'isola pianeta e altri settentrioni*
541. Eudocia Augusta, *Storia di san Cipriano*
542. Arthur Schopenhauer, *L'arte di invecchiare*
543. Pseudo Meister Eckhart, *Diventare Dio*
544. Rosa Matteucci, *Cuore di mamma*
545. Ennio Flaiano, *Una e una notte*
546. Willa Cather, Il *mio mortale nemico*

547. Inoue Yasushi, *Amore*
548. Tommaso Landolfi, *In società*
549. Giorgio Colli, *Platone politico*
550. Giorgio Manganelli, *Mammifero italiano*
551. Goffredo Parise, *Guerre politiche*
552. Manilo Sgalambro, *La conoscenza del peggio*
553. Mordecai Richler, *Un mondo di cospiratori*
554. Sholem Aleykhem, *Storie di uomini e animali*
555. Shirley Jackson, *La lotteria*
556. Arthur Schopenhauer, *Il mio Oriente*
557. Lodovico Terzi, *L'autonecrologia di Johathan Swift*
558. René Guénon, *Il demiurgo e altri saggi*
559. Alberto Savinio, *La nascita di Venere*
560. Yoko Ogawa, *L'anulare*
561. Stefan Zweig, *Bruciante segreto*
562. Irène Némirovsky, *Come le mosche d'autunno*
563. Robert Walser, *Storie che danno da pensare*
564. Nicolás Gómez Dávila, *Tra poche parole*
565. Alberto Arbasino, *L'Ingegnere in blu*
566. Paul Valéry, *L'idea fissa*
567. Goffredo Parise, *L'eleganza è frigida*
568. Ernst Jünger, *Visita a Godenholm*
569. Friedrich Nietzsche, *Lettere da Torino*
570. S.Y. Agnon, *Nel fiore degli anni*
571. Ferdinando Tartaglia, *La religione del cuore*
572. Alexander Lernet-Holenia, *Il venti di luglio*
573. Matteo Codignola, *Un tentativo di balena*
574. Jamaica Kincaid, *Lucy*
575. Charles Simic, *Club Midnight*
576. Irène Némirovsky, *Il calore del sangue*
577. Giorgio Manganelli, *Vita di Samuel Johnson*
578. Jorge Luis Borges, *La moneta di ferro*
579. Gustav Theodor Fechner, *Nanna o L'anima delle piante*
580. Dante Isella, *Un anno degno di essere vissuto*
581. Wilhelm Waiblinger, *Friedrich Hölderlin. Vita, poesia e follia*
582. Yoko Ogawa, *Una perfetta stanza di ospedale*
583. Goffredo Parise, *Lontano*
584. Giorgio Colli, *Filosofi sovrumani*
585. Friedrich Nietzsche, *Frammenti postumi, V*

586. Guido Ceronetti, *Insetti senza frontiere*
587. D.H. Lawrence, *Classici americani*
588. Manlio Sgalambro, *Del delitto*
589. Leonardo Sciascia, *Fatti diversi di storia letteraria e civile*
590. Thomas Bernhard, *I miei premi*
591. Irène Némirovsky, *L'affare Kurilov*
592. Stefan Zweig, *Lettera di una sconosciuta*
593. Martin Heidegger, *Identità e differenza*
594. Madame de Duras, *Ourika*
595. Benedetto Croce, *Una famiglia di patrioti*
596. James Hillman, *Il suicidio e l'anima*
597. William S. Burroughs - Allen Ginsberg, *Le lettere dello yage*
598. Jorge Luis Borges, *Fervore di Buenos Aires*
599. Joseph Roth, *Fragole*
600. Denise Epstein, *Sopravvivere e vivere*
601. V.S. Naipaul, *Scrittori di uno scrittore*
602. Carlo Michelstaedter, *La melodia del giovane divino*
603. Hermann Broch, *Hofmannsthal e il suo tempo*
604. Anna Maria Ortese, *Mistero doloroso*
605. Irène Némirovsky, *Il malinteso*
606. Ennio Flaiano, *Lo spettatore addormentato*
607. Giorgio Colli, *Apollineo e dionisiaco*
608. Stefan Zweig, *Storia di una caduta*
609. Joseph Roth, *Il secondo amore*
610. Muḥammad Dārā Šikōh, *La congiunzione dei due oceani*
611. Jamaica Kincaid, *In fondo al fiume*
612. René Guénon, *I princìpi del calcolo infinitesimale*
613. Alberto Savinio, *Tutta la vita*
614. Jorge Luis Borges - Adolfo Bioy Casares, *Libro del cielo e dell'inferno*
615. Ananda K. Coomaraswamy, *La danza di Śiva*
616. Ingeborg Bachmann, *Diario di guerra*
617. Yasmina Reza, *Il dio del massacro*
618. Robert Walser, *Ritratti di pittori*
619. Anna Maria Ortese, *Da Moby Dick all'Orsa Bianca*
620. W.H. Auden, *Grazie, Nebbia*
621. Curzio Malaparte, *Tecnica del colpo di Stato*
622. Stefan Zweig, *Paura*

623. Fëdor Tjutčev, *Poesie*
624. Franco Volpi, *La selvaggia chiarezza*
625. Alan Bennett, *Gli studenti di storia*
626. Porfirio, *Sui simulacri*
627. Giuseppe Gioachino Belli, *Sonetti erotici e meditativi*
628. Roberto Bolaño, *Chiamate telefoniche*
629. Franz Cumont, *Lo Zodiaco*
630. Charles Simic, *Il mostro ama il suo labirinto*
631. Manlio Sgalambro, *Della misantropia*
632. Henri Michaux, *Passaggi*
633. Elvio Fachinelli, *Su Freud*
634. Guido Ceronetti, *Poemi del Gineceo*
635. John Maynard Keynes, *Le mie prime convinzioni*
636. Stefan Zweig, *Notte fantastica*
637. Wisława Szymborska, *Basta così*
638. Friedrich Nietzsche, *Il servizio divino dei Greci*
639. Thomas Bernhard, *Goethe muore*
640. Massimo Cacciari, *Il potere che frena*
641. Vasugupta, *Gli aforismi di Śiva*
642. Roberto Calasso, *L'impronta dell'editore*
643. Edgardo Franzosini, *Sotto il nome del Cardinale*
644. S.Y. Agnon, *Nel cuore dei mari*
645. Giorgio Pasquali, *Storia dello spirito tedesco nelle memorie d'un contemporaneo*
646. John McPhee, *Tennis*
647. Muriel Spark, *Bang bang sei morta*
648. Czesław Miłosz, *La testimonianza della poesia*
649. Carlo Emilio Gadda, *Un gomitolo di concause*
650. Gérard de Nerval, *La regina di Saba*
651. Friedrich Hebbel, *Giudizio Universale con pause*
652. Jorge Luis Borges, *La rosa profonda*
653. Gustav Theodor Fechner, *Il libretto della vita dopo la morte*
654. F. González-Crussí, *Organi vitali*
655. Alfred Brendel, *Abbecedario di un pianista*
656. Tullio Pericoli, *Pensieri della mano*
657. Friedrich Dürrenmatt, *La panne*
658. Alan Bennett, *Il vizio dell'arte*
659. Tanizaki Jun'ichirō, *Sulla maestria*
660. Antoine Compagnon, *Un'estate con Montaigne*
661. René Guénon, *Autorità spirituale e potere temporale*

662. Jorge Luis Borges - María Esther Vázquez, *Letterature germaniche medioevali*
663. Lady Mary Wortley Montagu, *Cara bambina*
664. Ennio Flaiano, *Il gioco e il massacro*
665. Cesare Garboli, *Tartufo*
666. Carlo Rovelli, *Sette brevi lezioni di fisica*
667. Danilo Kiš, *Il liuto e le cicatrici*
668. Joseph Conrad, *Un avamposto del progresso*
669. Alan Bennett, *Gente*
670. Elias Canetti, *Aforismi per Marie-Louise*
671. Ivan Bunin, *A proposito di Čechov*
672. Joseph Roth, *L'avventuriera di Montecarlo*
673. L.E.J. Brouwer, *Vita, arte e mistica*
674. Marella Agnelli, *La Signora Gocà*
675. Carlo Emilio Gadda - Goffredo Parise, *«Se mi vede Cecchi, sono fritto»*
676. Guido Ceronetti, *Tragico tascabile*
677. I.J. Singer, *Sender Prager*
678. Hugo von Hofmannsthal, *Le nozze di Sobeide · Il Cavaliere della Rosa*
679. Jorge Luis Borges, *Libro di sogni*
680. Edgardo Franzosini, *Questa vita tuttavia mi pesa molto*
681. Hervé Clerc, *Le cose come sono*
682. Geminello Alvi, *Eccentrici*
683. Louis-Ferdinand Céline, *Lettere alle amiche*
684. Robert Walser, *Sulle donne*
685. René Guénon, *Oriente e Occidente*
686. Henry James, *La lezione del Maestro*
687. Hermann Broch, *Il racconto della serva Zerlina*
688. Anna Maria Ortese, *Le Piccole Persone*
689. James Hillman, *Presenze animali*
690. Wisława Szymborska, *Come vivere in modo più confortevole*
691. Giorgio Manganelli, *Estrosità rigorose di un consulente editoriale*
692. Oliver Sacks, *Gratitudine*
693. Francisco Rico, *I venerdì del Petrarca*
694. Jorge Luis Borges, *L'idioma degli argentini*
695. Ferenc Karinthy, *Tempi felici*
696. Paolo Zellini, *La matematica degli dèi e gli algoritmi degli uomini*
697. Marcel Jouhandeau, *Il cadavere rapito*

Piccola Biblioteca Adelphi
Periodico mensile: N. 701/2017
Registr. Trib. di Milano N. 180 per l'anno 1973
Direttore responsabile: Roberto Calasso